家康の選択

小牧・長久手

鈴木輝一郎

毎日新聞出版

家康の選択

小牧・長久手

目次

序章　長篠

天正三年五月二十一日（一五七五年六月二九日）奥三河・長篠設楽原《したらがはら》。昼すぎ。徳川三河守家康のもとに、中物見頭《なかものみがしら》（偵察中隊長）からの伝令が馬を走らせてきた。報告は二つ。

第一は、長篠城の救援に向かった徳川別働隊が、長篠城の守将・奥平信昌の救出に成功したこと。「すぐに奥平信昌を本陣まで呼び寄せよ」とつたえた。長篠の合戦の、最大の功労者である。

第二に、武田軍の総大将。武田四郎勝頼が徳川別働隊と織田・徳川連合軍との挟撃をきらい、本陣を引き払って退却をはじめたこと。

「以上、相違ありませぬ」

伝令が家康の前でひざまずいて伝えるのを、家康は目を閉じて聞いた。

――とりあえず、今日は生き残った――

虎の口、ひとつすぎれば次の虎、というのが家康の実感なのだが、次の虎を憂いても後ろから龍と狼が追いかけてくるのが家康の現状である。目の前のことを片付けるのが先であった。

「徳川全軍に伝える！」

家康は馬に飛び乗りながら、伝令全員を呼びよせた。

「これより馬防柵を出て前進する。有海原《あるみはら》に本陣を移す！」

家康は徳川・織田総勢三万に見えるよう、ゆっくり大きく軍配団扇《うちわ》を正面に突き出した。

「武田を、たたき潰せ！」

おおっ！　と徳川の陣中から一斉に鬨《とき》の声があがった。

長篠の合戦の決着がついた。最後の仕上げである。

☆

徳川家康は三十四歳。三河と遠江の二国を領する太守である。ただし「行き詰まりの名将」でもあった。二国を支配した次が続かず、何をやってもうまくゆかない。

現在の領地を支配するまではうまくいったし、家康の家臣たちは「三河武士」「三河武者」と呼ばれて武名だけは高い。

永禄三年（一五六〇）、桶狭間の合戦で、事実上の主君・今川義元が戦死したどさくさで居城・岡崎城に帰還。今川の属国から脱し、岡崎の独立を宣言した。

永禄九年（一五六六）、独立からわずか六年間で三河一国を支配することに成功した。このとき従五位下三河守の受領《ずりよう》名と「徳川」の姓を禁中から金で買った。

家康はそのまま今川の旧領・遠江に進軍し、永禄十二年（一五六九）、今川氏真《うじざね》の居城・掛川城を落とし、たった三年で遠江の侵略を完了した。

わずか十年にみたぬ期間で、今川義元の属国兼人質から、三河・遠江あわせて概算五十六万石の太守となったのだ。

織田信長は家督をついで尾張一国を支配するのに天文二十一年（一五五二）から永禄二年（一五五九）まで、七年間かかった。また、信長は尾張の隣国・美濃を支配するのに永禄二年（一五五九）から永禄十年（一五六七）の八年間かかっている。信長にくらべると、徳川家康の軍事力と政事力の凄さがよくわかる。

――といいたいところなのだが、織田と徳川とでは領地の規模がはるかに違う。

尾張国は濃尾平野と伊勢湾・熱田湊《みなと》を領する穀倉地帯である。尾張は同時に水運の要所で、尾張一国で米の税収入だけでも概算五十七万石相当の大国である。

そして美濃国は全国屈指の穀倉地帯であると同時に陸運の要所でもある。美濃一国でも概算五十四万石相当になる。

同じ「二国を領する」といっても、織田と徳川とでは倍以上の国力の差があるのだから、大きな声で自慢するわけにもゆかない。

この時期、まだ検地が局地的にしか行われていない。具体的な数値化はできないけれど、周辺の国力の把握は領地の経営者たる戦国武将にとって重要な事案である。

徳川家康の「形だけの太守」は、誰もが知っているけれど、誰もが口に出して言わない周知の事実であった。

その後の徳川家康がどうなったかというと、まったく進歩できていないのが現状である。

徳川家臣団の武名は高い――というか、武名だけが高い。

徳川の版図の北と東を押さえている武田信玄は合戦の名手である。のべつまくなしに小競り合いをしかけ、これをかろうじて退けてきた。

今回の「長篠の戦い」で主戦地となっている奥三河はその典型例である。奥三河の領主・奥平貞能《さだよし》と奥平信昌父子は、今川・徳川・武田・徳川と渡り歩いた。父親の奥平貞能は武田信玄に、息子・奥平信昌は徳川家康についた。武田信玄の死によって、ようやく親子ともども徳川について、今回の戦いに臨んだわけだ。――正確には「渡り歩いた」のは父親のほうだけで、子息・奥平信昌は異様なまでに家康一本に仕え続けた。

くりかえす。

武田信玄は合戦の名手である。本気でかかられると家康にはまったく歯がたたなかった。

武田信玄の生前、家康は信玄からの侵攻を防ぐことに手一杯で、版図を広げることは不可能であった。

徳川家臣団の武名が高くなった理由は他にもある。

織田信長からの、度重なる援兵要請と、その対応である。「武名以外にあげるものがないので、しかたなく武名をあげた」という事情なのだが。

これは永禄五年（一五六二）に結んだ清洲同盟による派兵で、縁も恨みもない地への出兵である。こちらは勝利しても徳川は持ち出しばかりで得るものは何もない。何もないので、武名をあげるしかなかったのだ。

元亀元年（一五七〇）の援兵要請には、家康がみずから徳川軍を率いた。この派兵は越前朝倉攻めだったが、その途上で信長の義弟・浅井長政の謀反《むほん》に遭って織田軍存亡の危機に立たされた。いわゆる「金ケ崎《かねがさき》の戦い」である。このとき徳川家康は織田側の殿軍《しんがり》につくことを申し出た。徳川軍は押し寄せる浅井長政軍をしのぎきり、織田全軍の撤退を成功させた。

同じ元亀元年、徳川家康はまたも信長から援軍要請を受けた。浅井長政との雪辱戦・いわゆる「姉川の合戦」である。このとき織田信長主力二万八千は浅井長政軍九千の正面に十三段の軍備《ぐんそなえ》を置き、徳川家康隊五千は浅井長政の支援軍・朝倉軍一万と相対した。徳川家康軍は倍近い朝倉軍と互角に戦った。その一方、織田軍は浅井長政軍に対してまったく非力で、十三段の段備えに布陣したものを、次々と浅井長政軍にぶち抜かれた。あと一歩で織田信長本陣に浅井長政が届く、というところで徳川家康が針路をかえ、浅井長政軍を横から突き崩し、織田に勝利をもたらした。

家康が指揮をとった二度の武功の威力は圧倒的であった。

あの傲慢な織田信長が家康をけっして粗略に扱わない。織田信長は版図を西へ北へと広げたが、三河国へは指一本触れようとしなかった。

時折、浜松や岡崎を訪れる信長の使者とその下卒たちも、徳川の者たちの傷だらけの武具を見かけると威儀を正した。美麗な甲冑《かっちゅう》は、いくさ人として恥ずべきものだと、三河武士たちが、自分たちの血と汗と命で証明してみせたからだ。

しかし、それはそれとして――

武名で腹はふくれない。

☆

「徳川様！　わしもご一緒させてまって（もらって）ええですか！」

全軍に前進を命じ、草鞋《わらじ》を履きかえさせているさなかであった。隣で陣取っていた羽柴秀吉隊から、秀吉本人が、貧相な体をきんきらきんの甲冑にかためた姿で、これまた貧相な馬にまたがり、絶叫しながらとんできた。

「わしは構わんが、おこと（貴殿）は信長殿の許可を得たのか？」

羽柴筑前守秀吉は当年三十九歳。このとき、林・柴田・丹羽・佐久間らの重臣に次ぐ、中堅の地位にあった。家康が会うたびに出世しているので、そうぞんざいな口をきくわけにはゆかない。

「もちろん！」

気づけば羽柴隊もすでに草鞋を履きかえつつある。羽柴の伝令も、信長の本陣まであとすこしのところまで駆けていた。信長に異論があるなら、とっくに停止命令を出す伝令が羽柴側に飛んでいるはずだ。

「徳川様に助けていただいた御恩を、お返ししてぃゃー（したい）ですがや！」

「どの恩だ？」

家康は首をかしげた。秀吉は長らく北近江・浅井氏の攻略と京都の治安担当で、家康とは、さしたる接点がない。

「何度も、合戦で助けていただきましたがや！」

「おことを合戦で助けたのは『何度も』じゃない。『毎度』だ」

家康は、合戦場でだけはやたらと秀吉と縁がある。三度組んで、三度助けた。家康が出陣するとき、ほぼ必ず秀吉を合戦場で助けてきた。

金ケ崎の戦いの際、秀吉（当時は木下）が真っ先に織田の殿軍を申し出た。この当時の秀吉は、事務能力と交渉力では圧倒的だったものの武功は皆無だった。撤収戦は難しく、ひとつ間違えば織田・徳川の全軍が総崩れになりかねない。家康は「木下に任せられない」と判断し、秀吉に加勢することで乗り切った。

二度目は姉川の合戦のとき。木下秀吉隊は織田方の段備えの中ほどにいたが、浅井長政の突入で足軽たちが真っ先に戦線から脱走した。徳川軍は真横で秀吉隊が崩れたのを目の当たりにしたので転針を判断し、浅井長政の横を突いて織田の総崩れを防いだ。

三度目は今日だ。武田軍のうち、騎馬隊が隊列を組み、家康の隣で布陣する羽柴秀吉隊に突撃してきた。鉄砲が命中する射程はせいぜい六十間《けん》（約一〇九メートル）である。騎馬隊が密集して全速で突っ込んできた場合、単発の鉄砲では騎馬武者の速さに対応できない。武田の騎馬隊は銃弾の雨をくぐりぬけ、羽柴隊の目の前の馬防柵を突き崩して、馬防柵の内側になだれこんできた。羽柴隊が恐慌をきたしたとき、徳川家康軍は侵入してきた武田騎馬隊を手槍で叩きふせて制圧し、羽柴隊を救った。

「そんなものは気にやむな。合戦は水物だ。崩れるのは、おことのせいではない。しくじりを責めると、人は何もしなくなる」

――そうはいっても、だ――

縁の薄い家康でさえ毎回秀吉の尻拭いをしているのだ。

織田が合戦で苦戦を強《し》いられている場合、まちがいなく秀吉のせいに決まっている。ただ、そう思っていても口にしない程度には、家康には常識がある。

「滅相も無《に》ゃーです！」

「何より、おことはすでに大功をたてておられる」

羽柴秀吉は土木建築の名手である。

ほんの数日の間で、設楽原を横断する長大な馬防柵と塹壕を――すなわち、即席の「城」をつくりあげた。

この馬防柵があったから、武田勝頼は徳川・織田連合軍が、武田の倍以上の大軍だと気づかずに決戦をいどみ、そして逃げ出したのだ。

この時点で、長篠の合戦での戦功の第一に、秀吉があげられるのは明白であった。

だが、秀吉はほんの一瞬、唇を噛んで続けた。

「それでは、わしには足らんのや！」

☆

羽柴秀吉に足らないもの、それは他人からの敬意である。

羽柴筑前守秀吉は「行き詰まりを知らぬ武将」である。

もとは下賤の生まれだという。ただ、家康が秀吉と接点を持ったときには、すでに「政事と財務と土木と交渉の名手」として知られていた。

最初の姓は「木下」であるが、その由来は不明である。天正元年（一五七三）、織田の重臣・丹羽長秀と柴田勝家の姓から一字ずつとって「羽柴」となった。

秀吉は「なんでもできる男」で、「できないときは、とりあえず『できる』と引き受けてから考えて、なんとかやってしまう男」でもある。

交渉術としては、織田と北近江・浅井氏との同盟をまとめあげた（これは破綻してしまったが）。北伊勢神戸《かんべ》氏、中伊勢長野氏、伊勢国守護北畠氏との和睦も、それぞれまとめあげている。

行政能力でも卓抜している。京都奉行職の一人として京都の行政と治安を担当している。

禁中や朝廷は取り扱いが難しい。京都の行政を担当できるということは、かれらと渡り合える教養を、秀吉が身につけていることを意味している。

合戦能力については、局地的・戦術級の能力に関しては、まだまだ評価は低い。ただし、大局的・戦略的なものは、実績がつきはじめている。姉川の合戦以降、秀吉は北近江・浅井氏攻略専任となり、三年がかりとはいえ、浅井氏を滅亡させたのだ。

その一方、驚嘆をもって語られたのは、秀吉の統治能力であった。

秀吉は、浅井氏滅亡後の北近江の統治をまかされた。

織田軍は浅井氏を滅亡させる手段のひとつとして、浅井の領内の村落や田畑をしばしば焼き払い、略奪を繰り返した。

そんな織田の者が浅井の遺領を統治するのは、きわめて困難なはずなのだが、秀吉が北近江に移って以降、北近江での謀反や一揆などの内乱は起こっていない。これは奇跡に近い。焼き払って明日の米さえない領民たちの、生活を再建させうる資金を、調達できる能力を、秀吉が持っているのだ。

羽柴秀吉の土木能力の高さは、設楽原での仮設巨大城で目の当たりにしたばかりである。

野戦の砦《とりで》の構築は多彩な能力と迅速さが求められる。柵を構築するための膨大な木材の調達。その設計と組み立て。柵の前に切る空堀《からぼり》の掘削。鉄砲隊が身をひそめるための仕寄《しより》（塹壕）掘り。これら直接的な建設のほか、将兵や騎馬を宿泊させる野営地の設営、糧食・飲料水の確保。梅雨時の山地なので虫さされやヒルに嚙まれることが命にかかわるので、その予防と薬の手配。現場の人員の排出する糞尿の処理。

これらの無数の業務を、秀吉はやってのけた。

なにより、秀吉はこれらの資材類を、ほとんどすべて織田の領内から陸送で搬入した。米粒ひとつたりとも、徳川の領内から徴発や略奪をしなかった。

そして設営中、羽柴の部隊は、三河の領内で、驚くほど行儀がよかった。放火や乱暴狼藉《ろうぜき》はもちろん、武装した足軽たちが農家や商家に押し込みをはたらくことも一切なかった。

総じて織田の者たちの行儀はいい。織田信長は市中での評判に敏感で、足軽たちが織田の名を借りて市民に迷惑をかけることを極端に嫌っている、という理由はある。

家康は、長年、武田が放つ乱波《らっぱ》による、国境地帯での強盗や押し込みなどに悩まされてきた。乱波とは、自国にとっては敵国の治安を乱し主君の統治能力を脅《おびや》かす非公式部隊だが、敵国にとっては組織的な盗賊である。

そこからすると、秀吉隊の者たちの、——軍事的な統率はともかくとして——治安に関する統率のとれっぷりには驚嘆した。

けれども、秀吉は、他人から敬意を持たれていない。

☆

家康の率いる徳川軍は八千。これは大軍である。

三河国統一を終えたあたりから、家康の合戦は規模が大きくなった。二千から三千ぐらいだと大将みずから騎馬して槍をふるったり弓を引いたりできるのだが、この規模になると、大将の仕事は、補給の確保や合戦資金の調達、公平な人材配置、休養管理のための輪番決め、などの準備ばかりである。合戦が始まった時点では、大将の仕事は終わっているのだ。どっしりと構えて戦況報告を受けるしかない。

家康は馬を設楽原と長篠城の中間にある、有海原台地にすすめた。騎馬したまま軍配をふるうつもりだったのだが、本陣を布《し》くあたりに床几《しょうぎ》が据えてあった。

おぼえず馬廻衆《うままわりしゅう》（家康の警護隊）にたずねた。

「あれは？」

「織田方、羽柴筑前守（秀吉）様が、差配なされたものにござ候《そうろう》」

「あいかわらず段取りのいい男だ」

家康は馬から降り、手綱をまかせ、本陣をしるす金扇の馬印（総大将の居場所を誇示するための印）を立てさせて床几に腰をおろした。

間髪いれず、武田勝頼を追撃している徳川の諸将の伝令が、次々と家康のもとにとんできた。

「武田重臣、馬場美濃守（信春）、討ち死にいたし候！」

「武田重臣、山県三郎右兵衛《やまがたさぶろうえもん》（昌景《まさかげ》）、戦死！」

――まさか――

家康の頭には、宿敵・武田信玄の重臣たちの名前が刻みこまれている。報告されてくる戦死者を並べてゆくと、信玄の代の重臣が、ほぼ壊滅状態だとしめしている。

――そんなに、うまくゆくわけがない――

家康は、伝令たちを呼び寄せ、

「知らせだけではなく、討ち死にした敵将の首級《くび》をとってくるように」

商売柄、幾度となく生首を見ている。ただ、たいていは合戦が終わったあとの正式な論功行賞の場であって、こんな慌ただしい場では珍しい。

「とりあえず人定《じんてい》ができればいい。首を洗って花紙に載せ、本陣まで持ってこさせよ」

「御意」

伝令たちが放たれている間にも、家康の本陣の周囲は、羽柴隊の手によって防御柵が構築されてゆく。驚くべきことに、家康本隊の者たちが家康の周囲に三葉葵の陣幕を張るよりも先に、羽柴隊が防御柵を張り終えた。

――すげえな――

おぼえずつぶやくと、

「三河守（家康）様、ええですか」

羽柴秀吉が陣幕をはねあげ、家康の前にひざまずき、

「これを」

と、懐中から書状をさしだした。「目録」とあるのを開いてみると三方《さんぼう》とか花紙とか白粉《おしろい》

とか紅《べに》とか――早い話が、首実検用の敵将の首級の検分道具一式である。

「出過ぎた真似かもしれんのですが――」

「出過ぎた真似だ」

家康は、無意識のうちに眉をひそめている自分に気づいた。

――織田信長殿なら喜ぶだろうが――

秀吉は地面に額をこすりつけて叫んだ。

「ご不快ならば御容赦くりゃーせ！　敵とは言うても大将首、大切にせんならんので！」

「まず、お手をあげられよ。おことは織田の家臣だ。徳川はおことの主君でも上司でも朋輩でもない。おことの主君の同盟者に過ぎぬ。相応に振る舞われなされ」

ただし、だ。

「それはそれとそして、なにゆえ、敵の首を検分する準備が、ここまで手際よく準備されとるのだ？」

「自分の首を載せるために」

「覚悟は認めるが、無理も程度をすぎると道化になる」

「下賤の者が武家の真似をするのが、そんなに可笑《おか》しゅう――」

「おことの出自について、わしが何か申したことがあったか？」

「――あらせんです」

秀吉はうなだれてこたえた。

そもそも家康は、秀吉が信長の草履取りをやっていた時代を知らない。出自をどうこうするほどの接点もない。そして合戦場では出自はどうでもいい。いくさの場で、使えるか、使えないかだけだ。

「何もかも自分でやると、かえって軽んじられる。おことは織田ではそこそこの重臣なのだ。他人に任せることを、考えなされてはいかがか」

戦国時代の、羽柴秀吉の三十九歳とは、孫がいてもおかしくない年齢である。体力が落ち始める年齢であり、足軽や雑人《ぞうにん》は隠居しはじめる年齢でもある。

「わが織田と徳川様の敵は、いままさに逃げ去っとりますが――」

秀吉は、家康とその左右をかためる徳川の重臣にむけて、ゆっくりつづけた。武田の脅威は、消え去りつつある。

「わしの最大の敵は、過去」

「さもあらね」

秀吉の言葉に、家康はうなずいた。

なんでもできる秀吉にとって、最大の敵は、織田信長の草履取りや馬の口取りをやっていた雑人時代の自分、であった。

羽柴秀吉は、奇跡的な出世をしている。かつて自分を顎でこき使っていた上役を、叱りつけて動かす立場になっている。

人は追い抜かれることに弱い。使える人材を適所に配置しても、それだけでは組織は動かない。追い抜かれた者が、抜いた者に素直に従えるような配置をして、はじめて人事は成功するのだ。

家康には、岡崎城主時代から――いや、今川で人質になっていた時代からの家臣がついている。信長のような、草履取りを侍大将にするような、家格や伝統を無視した人事を行えば、たちまち家康は家臣団から見放される。織田信長の人事が特殊なのだ。

秀吉は、絞り出すように続けた。

「あと十五年――いや、あと十年、武将として生き続けられれば」

あと十年、秀吉がいまの地位に居続ければ、秀吉の雑人時代を知る者は、ほとんどが前線から引退することになるだろう。

「おことは何を望まれる?」

「わしを『猿』と呼ぶ者は、上様（信長）だけになるのや」

――これは、どう応えたらよいのだろう――

はいと言っても、いいえと否定しても、差し障りありまくりの言葉である。

そのとき。

徳川の本陣の陣幕がはねあげられ、細面の美男の青年が入ってきた。

「おお、猿、ここにいたか」

いきなり「猿」という単語が飛び出して、むしろ家康の肩がこわばった。

その青年は、織田方の副将のひとり、織田（当時は北畠）侍従三介信雄《のぶかつ》である。織田信長の次男であった。このとき、すでに伊勢の名門・北畠氏の家督相続と左近衛中将への昇進が内定している。

☆

織田三介信雄（このとき北畠具豊《ともとよ》）は「政事と政略の武将」である。

永禄元年（一五五八）の生まれ、当年十八歳。長篠の合戦には、副将のひとりとして、一隊を率いて従軍した。

このときの信雄は、伊勢の名門・北畠氏の養嗣子兼人質である。

織田信雄は、なぜ北畠氏の養子で、北畠を名乗っているか。

六年前の永禄十二年（一五六九）、織田信長が南伊勢を攻めた。しかし攻めきれず北畠氏が降伏するかわりに、信長の次男・信雄を人質として差し出すことで和睦が決着した。当主で養父・北畠具房《ともふさ》は、養父といいながら織田信雄とわずか十歳しか違わない。事実上の、北畠氏の乗っ取りである。

信長の後援を得て、織田信雄は北畠のほぼ全権を掌握した。天正二年（一五七四）の第三次長島一向一揆では伊勢水軍を率いて海上を封鎖している。

伊勢・北畠氏は伊勢神宮を擁する。南北朝の時代から続く全国屈指の名門で家格は高い。

織田（北畠）信雄は元服した時点ですでに従五位下侍従という官位で、これは家康と同格である。

伊勢国司・北畠氏の家格からして、信雄が家督相続を済ませれば、ほぼ自動的に権中将《ごんのちゅうじょう》に任官される。格だけなら、父親の織田信長さえもうわまわることになる。

今回の長篠の合戦まで、家康は織田信雄との接点がない。もちろん同陣する以上、事前に織田信雄の情報は集めた。

織田信長は本年四十二歳。いつ急死してもおかしくない年齢で、後継者選びは喫緊の課題である。このとき信長の後継者は三人に絞られていた。長男・信忠、次男・信雄、三男・(当時は神戸)信孝である。

信長の次男・織田信雄はこの三人のなかで「最も織田信長に似た男」という評価であった。歌舞音曲に巧みで、わけても舞は名人の域であるという。

では、家康は実際に合戦場で織田信雄と組んでみて、その将器はどうだったか。その感想は「よくわからない」であった。

長篠の合戦において、織田側の仕事は次の二つである。「設楽原を横断する巨大な柵と堀を構築すること」「圧倒的な大軍を、混乱なく三河に入国させ、柵の内側に配置すること」。

織田は今回の合戦において武田との接戦(肉弾戦)を徹底的に嫌った。大量の鉄砲隊を投入し、武田の足をとどめた。武田の騎馬隊のうちの一部が突撃して柵を破壊したものの織田・徳川主力の崩壊に至る前に、総大将・武田勝頼が戦線を離脱して決着した。

織田は、戦いらしい戦いをやっていないのだから、織田信雄がどんな武将なのか、わかるわけがない。

ただし、だ。

☆

「おお、猿、ここにいたか」

織田信雄が、徳川本陣に入って羽柴秀吉をみかけるなり、いきなり「猿」と呼んだ。

このとき、家康と同席している、徳川の重臣たちのほうが肩をこわばらせた。織田信雄がまったく場の空気を読まないところは、父親の信長に似ている。

とはいえ、織田信雄は、信長ではない。

「三介（信雄）様へは、いささか出過ぎた物言いを申し上げるようで恐縮ながら――」

この席で織田信雄をたしなめられるのは、家康しかいないのだ。

「羽柴殿は『猿』などではありませぬ。御配慮ねがえませぬか」

「猿は猿だ」

その瞬間、ほんとうに一瞬だけ、秀吉の目の奥に、何かが過《よ》ぎったことに、家康は気づいた。すぐに過ぎったものは消え、秀吉は目を伏せたので、家康以外に気づく者がいなかったが。

――羽柴秀吉と織田信雄、か――

家康は、自分と家臣の命がかかっているので、武将間の人情の機微には敏感である。戦国国主にとって最大の敵は敵国の武将ではなく、味方の家臣の人間関係である。その予兆を見落とすと、自分の命に直結する。家康自身、天文十六年（一五四七）、六歳のときに家臣に裏切られて誘拐され、織田信秀（信長の父）に拉致された。家臣団の宗教観に気づかず、永禄七年（一五六四）に三河一向一揆が発生して家臣団を二分する危機にみまわれた。

――どこまで口を挟むべきか――

織田の後継候補のひとりと、織田の重臣候補のひとりとのいざこざである。黙ろうが割って入ろうが、どちらにしても角が立つのだ。

「三介様は、徳川が組む相手は、猿がふさわしいとお考えでございましょうか」

いちおう、家康は織田信雄をたしなめた。信雄の将来性は未知数だが、羽柴秀吉がさらに出世するのは確実だからだ。自分の後ろにいる虎の、ご機嫌をとるのは大切である。どちらが虎なのか、日によって変わるところが難しいが。

いずれにせよ、織田の内乱は未然に防いだほうがいい。家康が徳川家臣団の謀反や反乱を抑えられているのは、家康の背後に織田信長が一枚岩で控えているからだ。今回の長篠の合戦に、織田信長がものすげえ大軍を率いてきた。これに震え上がったのは、武田だけではなく、家康の家臣団も、だ。徳川の家臣団が家康の地位をおびやかそうとすれば、織田が舞い降りて一瞬で踏み潰す。織田の安定は、家康の安定だ。

「それは――」

織田信雄は、さっと耳たぶを赤く染めた。内心がすぐに顔に出るところは、父・織田信長に、実によく似ている。

「わしを含め、わが徳川家中の者は、羽柴殿が雑人だった頃を、ほとんど存じませぬ。運と力と日々の努力を怠らぬ者が名を成すのが戦国のならいでござる。三介様はお若いゆえ、他人に追い抜かれた経験が少なく、お悔しいのはわかりまするが――」

家康が伝えると、織田信雄はようやく自分の言葉のまずさに気づいた風をみせた。

「他人を落とすことで自分を上げるのは、力のない者がやることでござる。三介様はそのような器のちいさなものではないのを、われらもよく承知しておりまする。大器らしく振る舞われなされますように」

――信雄だけをたしなめると、均衡がとれない――

織田家中の人間関係に踏み込むのはよくない。家康に大切なのは「双方にそこそこ目配りして、この場をおさめる」ことであって、それ以上でもそれ以下でもない。

「さて羽柴殿。いささか出過ぎた物言いだと思うが、耳を貸せ」

「はい」

秀吉は神妙な面持ちでうなずいた。

「北畠三介殿が、おことの出世を不快になられるのは、おことの不徳のいたすところである。人間関係は鏡だ。自分を嫌う人間は、そもそも自分がそいつを嫌っとるからだ」

秀吉が人心掌握術の名手であることは、家康の耳に届いている。組んで働いた経験から実感もしている。釈迦に説法しているような気がするが、これは秀吉に説教しているのではなく「家康が秀吉にも説教している」と信雄に見せるためのものだ。

「耳に痛《いた》ぁーです」

「三介様は、何もせずに北畠の棟梁になったわけではない。三介様の今日にいたるまでの臥《が》薪嘗胆《しんしょうたん》・堅忍不抜《けんにんふばつ》に敬意を払え」

信雄の苦難は、秀吉には理解できるまい。羽柴秀吉本人は、人質生活を送ったことがないのだ。

「わしは、織田で三年ほど、今川で十年、人質として生きてきたから断言できる。人質は敵中に命をあずけて、味方の安全を保証しとるのだ。人質で最も重要な仕事は、生き続けることだ。腹痛や瘧《おこり》（マラリア）、虫刺されで落命しても和睦が破談し、いくさがふたたび起こる。人質先では、身の処し方をひとつ間違えば、真っ先に血祭りにあげられる。そして真っ先に味方に見捨てられる立場なのだ。人質は、かわりがいくらでもいるからこそ、人質に差し出される」

戦国武将の本当の苦労とは、必要に迫られれば、血肉をわけた妻子や父母でも見捨てる――というか、真っ先に殺すことにある。

家康は桶狭間の合戦で宗主・今川義元が戦死したとき、今川の本拠地・駿府に正室と長男長女を人質として置いたまま、岡崎城に入り、今川からの独立を宣言した。これは明らかに今川との盟約違反である。妻子を今川に殺されても文句はいえない。

「羽柴筑前、おことは敵中にあって、おのが命を危機に晒《さら》し続けたことはあるか」

「和睦の使者としてなら幾度も」

「それは『使者』に過ぎない。大将や人質は、本人の命そのものが合戦の目的となる。この違いが、わかるな？」

「――はい」

「ゆえに、三介様への、相応の敬意を忘れぬように」

秀吉の神妙な面持ちを横目でみながら、家康は織田信雄の側をみた。

「くどいようだが三介様」

「何だ？」

「くれぐれも羽柴殿を軽んじませぬように」

「くどい」

こんどは織田信雄も、顔をしかめずにこたえた。秀吉を「猿」と蔑《さげす》むことのまずさを、ようやく理解したらしい。

ただし、だ。

織田信雄がつづけた。

「徳川殿は、そんなに無難に四方八方に気を遣いながら生きて、楽しいか？」

そういう問題ではない。ひとこと多い男であった。

いずれにせよ、織田信雄と羽柴秀吉の不仲は、今後、頭の痛い問題になる。

そのとき、

「無事、長篠城を守り申し候」

長篠城城番・奥平九八郎信昌が本陣を訪れた。わずか五百ほどの兵だけで、武田勝頼一万五千の猛攻を、二十日以上にわたって守りきった。この奥平信昌が武田を長篠城に釘付けにしてくれたおかげで、織田・徳川連合軍は、圧倒的な態勢を整えて武田勝頼に大勝できたのだ。

悩ましいのは、この、奥平信昌の軍功に対して、家康は褒美らしい褒美が出せないところにあった。もともと長篠の合戦は徳川の領内の防衛戦であって、勝っても与える領地はない。なにより徳川の金庫は、今回の合戦の費用捻出のために、からっけつであった。

奥平信昌は、激戦すぎて風呂はもちろん、用便にも事欠いたのであろう。ものすげえ汗と糞便の臭いをたちのぼらせ、傷だらけの具足のまま、家康の前に平伏し、

「ご褒賞は、殿のご令嬢、亀姫さまのみをいただければ十分でございまする！」

といきなり大声をあげた。野心のない家臣は、ありがたい。これで問題のひとつは、一瞬で片付いた。

まだまだ、家康には、やることが山のように残っている。

壱章　小牧

一　駿府

天正十二年正月二日（一五八四年二月一三日）夜。駿河国・駿府城奥座敷。

長篠の合戦から、せわしない九年が経った。

織田信長は、死んだ。本能寺の変がおこり、明智光秀によって織田信長・信忠父子は討ち死にした。賤ヶ岳《しずがたけ》の戦いで、柴田勝家・織田信孝連合が、羽柴秀吉に敗北した。

天正十二年の時点で、織田の家名は、事実上、織田信雄が引き継いだ。そして織田信長の財産のほとんどは、羽柴秀吉が引き継いだ。

ただし。

信長の遺領のうち甲斐・信濃は徳川家康が、どさくさにまぎれてむしりとった。信長の横《おう》死《し》で権力の空白地になっていたからである。

徳川家康は現在、三河・遠江・駿河・甲斐・信濃の五箇国の、けっこう大きな大名になっていた。

徳川家康は、昨日・正月一日に本拠地・遠江国浜松城で三河・遠江の徳川譜代の家臣の年賀の礼を受けたあと、二十一里（約八四キロメートル）を、馬を替えて夜通し飛ばして駿河に入り、朝から駿府城表座敷で、今度は駿河・甲斐・信濃各国の新参の家臣団の年賀の礼を受けた。

徳川家康、四十三歳。戦国のこの時期、初老の域にあり、孫がいてもおかしくない年齢である。日が落ちるとさすがに疲れた。

駿河国は一昨年・天正十年（一五八二）に武田を滅亡させたときに徳川の傘下にしたばかりで、本拠地として定住できるほどには信頼できる場所ではない。

また、三河時代からの旧来の家臣たちへの配慮もある。三河・遠江の家臣団たちは、家康が今川の人質時代から苦楽をともにしてきた。二十数年におよぶ徳川の合戦は、ほとんどが防衛戦か盟約の義理による出張で、どんなに戦功をあげても金銭や俸禄での褒賞ができない。かれらと新参の家臣たちとの間に、「かねのかからない方法で」違いを作る必要があった。はっきり言ってしまえば、徳川は合戦ばかりして、かねがないから知恵を絞らにゃしゃあない、ということである。

しかしそれ以上に――

「そなたの顔がみたかった」

家康は、阿茶局《あちゃのつぼね》の膝枕で、うつらうつらと半分眠りながらつぶやいた。

「殿は、あほですか」

「自分でも、ときどきそう思う」

「いちおう、表向きは築山《つきやま》さま（家康の正室）と信康様（家康の長男）の墓に手を合わせにきた、としておきなさいませ」

「謀反人を丁重に扱え、か」

五年前の天正七年（一五七九）、家康の正室・築山と嫡男・徳川信康は謀反を企図していたことが内密に発覚した。これにより信康は自害させ、築山は処刑した。

「肉親の情は、たいせつです」

「かもな」

家康は、目を閉じた。


阿茶局は当年三十。戦国では大年増と呼ばれる年齢で、孫がいてもおかしくない年まわりである。夫と死別したのち家康に仕え、今日に至っている。家康との間には子は、ない。

元は甲斐武田氏の縁《ゆかり》の者で、亡夫の仕官先は今川氏真、一条某（武田勝頼の家臣）と、行く先々で没落した。ただし亡夫は病死であって、家康とは無関係である。

五年前の天正七年（一五七九）、家康のもとに仕えた。たまたま家康の正室の謀反発覚と時期が重なっているが、阿茶局と徳川家中の謀反とはまったく関係ない。

さらに言うならば、家康と阿茶局との出会いに、情愛などというものも、まったくなかった。阿茶局が家康の前に仕えることになったとき、阿茶局には先夫との間に男子が二人いた。つまり子を産めるのが証明されている。

要するに、家康の閨閥《けいばつ》づくりのための出産要員——身元が確かで健康で確実に出産ができ、しかも身辺に男がいないことが確実だとわかる女——が必要だった徳川家康と、武家の息子を二人かかえて生活する糧が必要だった阿茶局が、互いの情愛なんぞどうでもいいのでとりあえず床をともにする必要に迫られた、というわけだ。

最初の床入りのときのこと。

浜松城の奥座敷の寝所で顔をあわせるや、阿茶局は真っ先に家康に言った。

「床が高《たこ》うございまする」

「はあ?」

家康は、とっさには意味をつかめなかった。首をかしげると、

「寝所の床高は、せめて五寸(約一五センチ)に下げなされますように」

「なんのために」

「床下から、殿が串刺しにされては、かないませぬゆえ」

家康は絶句した。長年、武田や今川を相手にしてきた関係上、他の戦国武将よりは忍びばたらきには、そこそこ詳しいつもりでいたが、そんなことには気づかなかった。

阿茶局のいう通り、並の床の高さなら人は這えるし、鎧通しの短刀で床板ごと家康を刺し貫くこともできる。

阿茶局は、まばたきせずに続けた。

「殿は、わたくしがお守りします」

家康は即座に駿府城と浜松城と岡崎城の、寝床の床高を一寸（約三センチ）に下げさせた。爾来《じらい》、奥向きのことと眠るときのことは、阿茶局にまかせている。

天正十二年、駿府城奥座敷の寝所の話にもどる。

「かもな」

家康は、目を閉じた。だが。

――何者かが、こちらに、くる――

家康は阿茶局の膝で枕をしたまま、脇差《わきざし》の小柄櫃《こづかびつ》に指をかけた。

極端に低い寝床の第二の利点は、地面の気配を体全体で受けられることにある。誰かが寝所に近づいている。

家康は手裏剣術には心得がある。二間（約三・六メートル）の間合なら、横になったまま小柄を五寸（約一五センチ）の円中に打つことができる。

「殿」

だが、気配の主は家康の重臣の一人、服部半蔵正成《まさなり》であった。

――なんだ、つまらぬ――

無駄にきたえた体術を発揮する場ではないことに、半分がっかりしながら家康は身をおこした。

「何があった?」

「織田中将（信雄）卿配下の伊賀者より、内々の使者が参り申し候」

伊賀は織田信雄の領地である。家康は伊賀・甲賀ともに忍びには詳しいが、先年の伊賀越えを機会に、伊賀者同心を表裏ともに多数召し抱えている。別段それを目指したわけではないが、織田信雄とは隠密かつ信頼に足る通信手段ができている。

「で?」

「中将卿が、羽柴筑前（秀吉）様に対抗する由。ついては徳川に御加勢願いたし、とのことにございます」

という服部正成の言葉に、家康はおもわず耳を疑った。

「『いっしょに羽柴に降りようぜ』って誘いじゃないのか?」

織田はいうまでもなく羽柴秀吉の主筋にあたる。「秀吉の家臣にくだるのは外聞がよろしくないので口添えをたのむ」という話だったなら筋はいい。それなら秀吉も織田信雄を粗略には扱うまい。戦国乱世といえども逆賊は嫌われる。秀吉は同僚や上司を追い抜きまくったので、上を追い抜いたときの抵抗の強さは知っているはずであった。そもそも織田信雄自身、本能寺以降、まったく合戦らしい合戦をしないまま、織田の当主とみなされ、尾張一国をあてがわれている。秀吉からは過分な待遇を受けているのだ。

どこをどう転ぶと「秀吉を倒せ」という発想になるのか。信雄の父・織田信長も凡人には考えられぬ発想と行動をしやがったのだが、似なくてもいいところが真っ先に似るという、親子の法則が忠実に発揮されていた。

――どうする――

いや、どうするも何も、羽柴秀吉と織田信雄がからむとなれば、徳川としても、領国あげての大いくさになるのは避けられない。

「年寄衆（家老）を、ただちに内密に集めよ」

このとき徳川の家老級の重臣は五人。酒井忠次・石川数正・本多忠勝・榊原康政。これに新参代表として駿河衆から井伊直政を引き上げていた。幸い、全員が年賀の礼のために駿府入りしている。かれら重臣の合意がなければ徳川は動けない。

徳川家康は、織田信長とは違う。「慧性並懋《けいせいへいぼう》、天才倶聡《てんさいぐそう》」と『経国集』に言う。慧性（そこそこの才能）は努力と同じものだが、天才ははじめから賢い。家康は「そこそこやれる」自覚はあるが、信長のような天才には遠くおよばない。信長と同じような独断専横をやれば、家康は一瞬で消えてなくなる。

天分は嘆いても増えはしない。限られた運と才能のなかで、どうやってゆくか、である。

「羽柴殿と信雄卿とのいさかいなら、情がからむ」

家康は自分に最も欠けているのが、人情の機微だということは、いちおう、わかっている。人情を無視すればどうなるか、織田信長が身をもって教えてくれた。

内々の軍議なら融通は、きく。

家康は、阿茶局に言った。

「そなたも、いてくれるか」

「軍事のことは、わたくしにはわかりませぬよ」

「それでも、だ」

二　彼我

「——ということだ、一同」

会議で真っ先にすべきは「情報の共有」である。

家康は奥座敷に集まった重臣に、織田信雄からの内密の支援要請を伝えた。

重臣内に緊張が走ったのは否めない。羽柴と争うということは、徳川の存亡に直結するのだ。

最初に重臣筆頭・酒井忠次が口をひらいた。

「中将卿（織田信雄）からの『加勢』とは、どこまでを求めておられるのでございましょうや」

「伊賀者経由での内々の問いあわせにすぎぬ。『もし織田が羽柴と戦うのであれば、どこまでやってくれるのか』という心づもりをたしかめてきただけだ。まず、わしらが何ができるか、把握するのが肝要だろう」

「御意――では」

酒井忠次は重臣の側をみた。

酒井忠次は当年五十八歳。

公的には徳川家臣団の筆頭で、こうした軍議の際には、議事進行と取りまとめをするのが通例である。

私的には徳川家康の父がわりであった。

天文十六年（一五四七）、家康が六歳のとき、織田信秀（信長の父）に、移送中の船ごと誘拐され、二年半ほど尾張国内に拉致監禁されていた。このとき、家康とともに尾張に拉致された家臣の一人である。

家康の母は生後ほどなく家康の元を去り、実父は家康が誘拐先から戻る前に暗殺された。そんな家康にとっては、肉親よりも大切な男であった。


酒井忠次は、井伊直政の側をみた。

「万千代（井伊直政）、彼我の国力差はいかほどか」

「まったく勝ち目がないことは、確かでございます」

井伊直政は、眉ひとつ動かさずにこたえた。

井伊直政二十四歳。重臣のなかでは際立って若く、家康の代になって取り立てた新参である。

「羽柴の領国は五畿内すなわち大和・山城・摂津・河内・和泉そして、美濃、飛騨、紀伊、若狭、越前、能登、加賀、山陽道の過半と山陰道の過半、すべてあわせて二十数箇国。――ただし中国の残りは毛利の所領で、毛利は羽柴に臣従しておりますゆえ羽柴のもの同然。九州の島津、四国の長宗我部を除けば、西国すべては羽柴に属し申し候」
井伊直政は淡々とした口調で並べた。もともと無口な若者である。

井伊直政は、遠江国の名族の出である。平安時代の正暦《しょうりゃく》期に藤原氏の一族が遠江守・井伊介に任ぜられて遠江にきた。戦国期に今川氏につかえた。直政はその子息である。今川義元の戦死により流浪したが、縁あって家康の小姓となった。もちろん、家格にやかましい徳川で頭角をあらわすだけあって、無類の武辺者である。

井伊直政は外交と交渉の才にも長けていた。本能寺の変の後、武田は主君をなくして崩壊と混乱をおこした。このとき、井伊直政は信濃に乗り込み、武田の旧臣たちを説得、徳川への吸収合併に尽力した。あわせて武田の旧臣を多くひきとった。吸収した者たちのなかに「武田の赤備え」こと山県昌景《やまがたまさかげ》の家臣団が多くいたため、直政は家臣団の軍装を赤色に統一した。徳川に吸収合併された武田の者たちへの配慮である。

徳川の人事評価では、織田信長のような強引な実力主義はできない。井伊直政の出世を他の重臣たちが認めたのは「どこの馬の骨」どころか、遠江屈指の名門だという事情は大きい。とはいえ「出世が早い」といっても、家康が井伊直政を見出したのは天正三年（一五七五）。

酒井忠次・石川数正・本多忠勝・榊原康政に次ぐ地位までたどりつくのに十年ちかくかかっている。

徳川の重臣は軍事中心すぎるということ、すこしずつ高齢化がすすんでいること、が、家康の、国主としての喫緊の課題でもある。

井伊直政は、動じる様子もなく続けた。

「されど『羽柴と戦え』と仰せならば、いかようにも」

酒井忠次はすこし眉をひそめた。

「方策を考えるのは後だ。——与七郎（石川数正）、お前の存念はいかに」

「中将卿（織田信雄）の領国は伊賀・伊勢・尾張の三国ながら、いずれも大国。尾張一国だけでも三河・遠江をあわせた規模に匹敵する」

石川数正は算盤《そろばん》を膝に置き、音を立てて珠《たま》をはじいて即答した。

石川数正は当年五十三歳。酒井忠次と同様、家康の父の代から徳川（当初は松平）に仕える重鎮である。地位は酒井忠次と同格で、物言いもそうなる。

この時期、まだ検地は一部でしか行われていない。国力の数値化は軍事力に直結するので、機密事項でもある。

家康は、石川数正にうながした。

「中将卿の国力は、合算して、どのぐらいになる」

「およそ百二十五万石強、これに熱田湊《みなと》と伊勢と木曽川の水運の運上金がくわわりまする」

酒井忠次はともかく、本多忠勝や榊原康政、井伊直政らは、微妙な表情をした。ここまで大規模な経済圏を理解するのは軍事ではなく政事であって、かれらが把握していないのは当然である。

家康は、さらに石川数正にうながした。

「ちなみに、徳川五箇国の国力は、合算するとどの程度だ？」

「北信濃は真田が押さえており、概算程度にすぎませぬが――百二十五万石から百三十万石の間」

重臣たちが、互いの顔を見合わせた。織田信雄と徳川家康との力関係は、なんとも微妙ではある。

石川数正は算盤をはじきながらさらに続けた。

「羽柴様に通じて中将卿を売り、尾張一国だけでも徳川の手に入れられれば、われらの台所が潤うことだけは、間違いございませぬ」

――正論、ではある――

古来、合戦ほどかねのかかるものはない。徳川・三河軍団は、基本的に防衛戦や同盟にともなう派兵ばかりで、合戦貧乏を強いられてきた。家康自身、食事は麦飯が中心である。

贅沢は言わない。せめて朝夕に米が食いたい。はっきり言って、駿府で人質として今川義元のところで生活していた頃――いいや、織田信秀に拉致監禁されていたときのほうが、よほど飯は、まともだった。

石川数正は、家康の心中を見透かすように、上目づかいで続けた。

「羽柴様は存外に、ひとを粗略に扱わぬ御仁にございまする」

石川数正は、徳川家中では、対秀吉外交の担当である。家康の代理として何度となく秀吉のもとを訪れており、家康よりも秀吉については詳しい。

「ちなみついでに、羽柴殿の領国は、総額でどのぐらいになる？」

「毛利を除き、羽柴様が直接持っておられるものだけで、ほぼ二十箇国・五百五万石程度」

徳川の四倍近く。織田信雄と徳川家康が力をあわせても、羽柴秀吉の半分にしかならない。

酒井忠次は、服部正成の側を向いた。

「中将卿に、勝算の心づもりは、あるのか」

「その――」

服部正成はすこし、ためらいをみせてから続けた。

「『島津・長宗我部・上杉・徳川をもって、毛利・羽柴を御《ぎょ》するとの由にございまする」

「日本を二分する戦いにする、と？」

「はい」

――あながち、大言壮語でも妄想でもない――

かつて足利義昭と織田信長が対立したとき、足利義昭は、武田信玄や一向宗門徒らを連携させ、織田信長包囲網を作った。たまたま運が信長に味方したが、信長はあと一歩というところまで追い込まれた。

それを大規模にしたものだ。

あのときの足利義昭は、所領らしい所領を持たず、書状だけで諸将を動かした。それに比べると織田信雄は、三箇国の太守で自前の軍を持ち、しかも左近衛中将という高官である。

――やってやれない、ことはない――

酒井忠次と服部正成とのやりとりに、室内の重臣たちの間に、上気する気配が満ちてくるのがわかった。

酒井忠次は背筋をのばし、家康の側を向いた。

「殿、ご決断くださいませ」

「い、い、いますぐか」

家康は思いっきり舌を噛んだ。われながら本当に小物である。

たとえ狼狽《うろた》えても、信長なら尊大に、秀吉ならおどけて笑いに変え、人心を摑んだろう。

だが、そんな器量は、家康には、ない。

徳川家康は深く息を吸い込んで、ゆっくりと吐いた。

――慧性《けいせい》、つとむるに同じ、か――

慧性（そこそこの才能）は努力に並び、天才はあらかじめ聡明を備うる、とは『経国集』に言う。

――わしは、天才じゃない――

つとめて大人《たいじん》を装うしかないではないか。

「織田中将信雄卿に助勢する」

誰につくかは、これできまった。次は「なぜつくか」だ。

「徳川は、織田右大臣信長公とは、累年の盟友にして大恩ある身である。織田がないがしろにされるのは本意ではない」

なぜ織田につくかは、これで決まった。次に決めるのは「どこまでやるか」だ。「羽柴秀吉をぶっつぶせ！」と言うには秀吉は大きくなりすぎて、現実的な目標ではない。

かつて織田信長は、美濃一国を制圧しただけで「天下布武・天下をとる」と言いやがった。あんな無茶な物言いは、とても家康にはする度胸がない。

「信雄卿を奉じて上洛する」

このあたりがいちばん手堅く、だれもが可能性を納得できる目標である。

――わしは、本当に小さい――

次に決めるのは「どこで戦うか」だ。

「羽柴が尾張に出張《でば》れば叩く」

三河や信濃を侵《おか》したら叩く、ではない。秀吉が本気で全力で家康を潰しにかかったらひとたまりもない。秀吉が織田信雄の領内をどう攻めるか確かめて、これはやばいとわかったら、さっさとごめんなさいと謝ってしまおうという算段である。

家康には、すべてを投げ出す勇気もなければ、誰にも気にされずに我が道をゆくだけの覚悟もない。さりとて身の周りのありとあらゆる人間に、自分の心血が摩耗するほど気を遣いまくってのしあがるほどの気力も持っていない。

徳川家康は、自分が、ほどほどの才覚とほどほどの技量で、運と家臣団の思い込みによって、今の地位にたどりついたに過ぎないことを、誰よりも自覚していた。

「羽柴の軍勢を、徳川の領内に入れてはならない。くりかえす。尾張で叩け」

『尾張で大敗して秀吉が三河になだれこんできたらどうするか』とまでは、家臣団は誰も突っ込まない。そうなったら家康の首をはねて秀吉にさしだし、主君をとりかえるだけだからだ。

かつて徳川の宿敵だった今川の家中も武田の家中も、主君がいなくなって徳川の家臣となっているではないか。戦国大名とは、無能ならば、ほかにいくらでもかわりがきく存在なのだ。

「以上、一同、異論や存念は、あるか」

列席した重臣はその場で平伏して声を揃えた。

「ございませぬ！」

「ならば、ただちにいくさ支度をせよ。明朝、表座敷にて、あらためて告知いたす」

「御意のままに！」

重臣たちは一斉に声をあげ、退室していった。

徳川家康は奥座敷にひとり、脇息《きょうそく》を摑んだまま居残っていると、隣で一部始終をみていた、阿茶局がたずねた。

「殿、いかがなさいました？」

「実は……」

他に誰もいないから言えるのだが。

「恐怖で腰が抜けて、立てぬ」

徳川家康四十三歳、五箇国の太守で幾多の修羅場をくぐりぬけてきたけれど、本質は凡人である。


後年、儒学者をして「徳川家康の、天下をとりたるは大坂にあらずして関ヶ原にあり、関ヶ原にあらずして小牧にあり」と言わしめた、日本を二分する最初の大戦、また、織田・徳川・豊臣（羽柴）が三つ巴《どもえ》になって戦った唯一の合戦「小牧・長久手の戦い」は、ここに始まった。

三　出立

天正十二年三月七日（一五八四年四月一七日）、岡崎城表座敷。徳川家康の重臣が集まっての軍議の場である。阿茶局も同席させた。「いつ織田信雄と合流するのか」が、まだ決まっていない。

徳川家康軍およそ一万五千は岡崎城下に分駐した。

三月に入り、織田信雄は秀吉からの附家老《つけがろう》三人を処刑し、羽柴秀吉と全面的に戦う姿勢を明らかにした。家康の大軍は、織田信雄の対決に呼応しての動員である。

戦国時代、人口が一万五千を超える都市は数えるほどしかない。もちろん岡崎城はあくまでも防御と行政施設にすぎず、こんな大軍を収容することを想定していない。

人が集まるところにかねが落ちる。岡崎城下は空前の殷賑《いんしん》をきわめていた。家康も内密で市中を視察したが、臨時の遊女屋や賭場が開かれ、将兵が舞い上がって浮かれていた。ほとんど祭りの様相を呈している。

さて、軍議の場である。

本多忠勝が、焦《じ》れた様子で石川数正に迫った。

「織田信雄卿からの御回答は、まだですか！」

「まだだ。拙者も催促しとるのだ」

尾張国内への徳川の出張の経費負担を、誰がどれほど持つのか、その交渉の回答待ちである。この時点でも、まだ決まっていなかった。

家臣への給与・俸禄には兵役の義務がついている。合戦の費用は家臣団が負担するわけで、だからこそ収入を気にせずに合戦をやりまくる主君は嫌われ、見放されて追放されたり失脚したりするのだ。斎藤道三しかり、武田信虎（武田信玄の父）しかり。

「石川様は、もたついている間に羽柴の主力がやってきたら、勝てるものも勝てなくなるのを、承知しておられるのですかっ！」

――だわなあ――

と家康も思う。徳川が一万を超える大軍を、ひとつの合戦のために領外に動員するのは、これが初めてである。覚悟はしていたものの、はっきりいって一万を超える大軍を動かすために、ここまで雑務が多く、ここまで費用がかかるとは思わなかった。集めて動かすだけでも、長篠の戦いの比ではない。

羽柴秀吉が山崎の合戦で明智光秀を倒したとき、四万を超える大軍を率いた。いまの秀吉はその何倍もの動員が可能になっているのだ。

石川数正は、こぜわしく算盤を弾《はじ》きながら眉をひそめた。

「よいか、平八（本多忠勝）、そうは申しても、徳川の蔵はカラなのだぞ」

この前年の天正十一年、徳川の領国・甲斐で笛吹《ふえふき》川が氾濫し、空前の大飢饉に襲われている。家康はその手当に追われていた。

「よいか、平八、一万五千の人間が一日に食うメシは四万五千合。一人の人間の四十二年ぶんの米が、なにもしなくても、たった一日で消えてなくなるのだぞ」

――いや、俺はそもそも米なんぞ食っとらんぞ――

家康は口をはさみたいところだったが、問題はそこじゃない。

合戦の費用のうち、大半を占めるのは交通宿泊費である。滞在中の飯代がとにかくかかる。

『孫子』は「兵は長期戦を好まず」と説いた。それは決して心理的・肉体的な理由からではない。かねがかかるからである。

「されど石川様、そもそも我らが負ければ、蔵の中身もへったくれもない」

――そんなことはなかろうが――

と、家康は思う。国主が誰だろうが、領民の知ったことではない。「生活を楽に安全にしてくれる」のがいい国主である。その目的がかなえられれば国主なんぞ誰でもいい。国主のかわりなぞ、いくらでもいる。

家康の生死を決めるのは、領民ではなく家臣たちである。織田信長は庶民・領民に圧倒的な人気があったが、領民ばかりをみて家臣をかえりみなかったから、ああなった。

「よいか、平八――」

と、石川数正が本多忠勝に反応しかかった。その石川数正を、

「殿」

重臣筆頭・酒井忠次がさえぎって家康の側を向いた。

「ご裁可をくださいますように」

重臣筆頭の酒井忠次がここまで強引に議論を断ち切る以上、重臣たちの総意はすでに決まっている。

――いま決めるのかよ――

いま決めるんである。最終的な決裁をするのが家康の仕事なのだ。

「うむ」

家康は、立ち上がって縁側に出た。天守閣でもあれば絵になるのだろうが、このときの岡崎城には、そんな贅沢なものは作っていない。主君っぽく重々しさを演出するのも仕事のうちであるが、うまくいっているかどうか、自信はない。

徳川家康は、大きく息を吸った。

——俺の金が、とんでゆく——

いつまでも岡崎に大軍を無為にとどめておくわけにはゆかない。さっさと自腹を切って進軍し、戦功をあげなきゃならないのだ。

——また麦飯の日々が続くのかよ——

たまに織田信長に接待されたときの、あの織田の美食が忘れられない。信長が南蛮人から贈られた緋毛氈《ひもうせん》のカッパの美しさと豪華さが、うらやましくてしかたない。

あそこまでとはいわない。

米の飯が食いたい。つぎはぎのしていない足袋を履きたい。

家康の旧主・今川氏真は、主君の座を追放されたとたん、待ってましたと政務と軍務を投げ出し、駿府城の片隅で連歌と蹴鞠《けまり》に夢中になっている。家康の重臣・井伊直政のもとに吸収した旧武田家臣団は、武田が滅亡したらさっさと主君を乗り換えて、傷だらけの具足を贅沢な真紅に塗り直した。

——主君をやめたほうが……主君じゃないほうが、いい暮らしができるじゃないか——

麦飯を食らい、下着・足袋につぎを当て、寝所は暗殺予防のために床を抜いて寝る。趣味らしい趣味は刀術や弓術の武芸ばかり。そう書くといかにも武将のようにみえるが、要するに、戦国の主君という商売柄、献上品の刀剣類が数多くあるので、道具をそろえる費用がかからずに安く済む娯楽だからであった。

はっきりいって、今川義元の人質時代には米の飯が食えた。織田信秀に拉致された時代には、長元坊《ちょうげんぼう》をあやつって鷹狩りのまねごとをするだけの余裕もあった。これでは、なんのために主君をやっているのか、わからないではないか。

しかし。

重臣たちの合意を覆す力は、家康には、ない。

「全軍、矢作川河畔に整列させよ。尾張に向けて、出立する」

――ああ、また金がとぶ。贅沢したいぞ、くそぉ！――

その場で重臣たちは平伏した。

「御意のままに」

誰の御意なのか、家康にはよくわかっている。家臣たちの御意だ。

四　閲兵

翌々日、天正十二年三月九日（一五八四年四月一九日）早朝。

田植え前の時期である。岡崎城から矢作川にいたるまでの田畑にはまだ水を引いていないので、余裕で整列できる。徳川の尾張出張軍一万五千が集まると、さすがに壮観であった。閲兵である。

家康は岡崎城の奥座敷で、この日のために奮発した具足を装着し、阿茶局の前に立った。するると阿茶局は、笑いをこらえきれぬ様子で吹き出した。

「殿、まるで……」

大軍を動員させると決めたとき、まさか経費負担でごたつくとは思わなかったので、家康はひさしぶりに甲冑を新しく作った。いままで、総大将でありながら何度も死を覚悟させられる目に遭っている。そのために具足も実用一点張りのものしか持っていない。

今回ほどの大軍では、総大将が最前線に出ることも、命の危険にさらされることもないだろうから（そんな事態は負け戦で、どんな実用的な具足をしていても意味はない）、いちどぐらい「全軍に見せびらかすための甲冑」を作ってみたかったのだが――

「タヌキのようでございます……」

「そんな、はずはないのだが」

熊毛植黒縅《くまげうえくろおどし》という造作のものである。「怒り、角を立てて威嚇する熊」という企画でつくった。兜《かぶと》と胴と袖に黒熊の毛皮が張ってある。そして兜の頭の両側には、漆黒に塗った一尺五寸丈（約四五センチ）の巨大な桐製の角をつけた。

家康と身長や体格がほぼ同じぐらいの、本多忠勝に着用させてみせると、意図したとおり、風格と脅威の伝わるものに仕上がった。ただし、戦国時代には、自分の全身を映し出すような姿見の鏡はない。

「いえいえ、怒れるタヌキというより、両手をあげて『命ばかりはお助けを』と降参しているタヌキに見えまする……」

「そんな馬鹿なことはない！　この具足は、高かったのだ！」

高いかどうかと、風格があるかどうかは別問題である。

「そうだろ、お前ら！」

家臣団に同意をもとめたのだが、酒井忠次も本多忠勝も即座に視線をそらした。

「もうよい。参るぞ！」


家康は井伊直政・本多忠勝を先導させ、阿茶局に女武者の軍装束をさせて従え、自分は金扇の旗印（戦場で総大将の場所を示す印）を従者に持たせて、兵たちの周囲をゆっくりと練り歩いた。

織田信長は生前、安土や京で大工事をするときには、巨石に紅白の綱をはって笛や太鼓を鳴らして市中を進み、市中庶民や京童たちから、やんやの大喝采を浴びた。はやい話が、その物真似である。

だが。

——これは、失敗だったかも——

家康をみる兵・下卒・足軽・雑兵たちの視線が、なんとも微妙なものだったのだ。ときおりうつむいては、うぷぷと笑いをこらえている気配が、家康にもわかった。

総大将が、両手をあげて命乞いをするタヌキなら、さぞや可笑しかろう。信長のような美男とは違う。しかしそれなら秀吉だって猿ではないか。秀吉の猿顔をそしる話はとんと聞かないことをおもえばまだよほど……

などと、内心ぐちぐちと繰り言をたれていると、先導する本多忠勝が馬の首を返して、家康の側に駆け寄り、馬上で耳うちした。

「殿、いますこし、堂々と。いまの殿は、故・今川義元に倍する大大名にいらせられることをお忘れなく」

「タヌキも見栄を張れば狼に見える、か」

「否、武名と風格は、天から降るものではなく、つくるものに候」

といわれると、返す言葉はない。羽柴秀吉とは顔を合わせなくなって久しいが、いまは誰も秀吉のことを「猿」とも「禿鼠《はげねずみ》」とも呼ばなくなった。

しかし、それにつけても。

――あの信長が、ことあるごとに領民を集めてお祭り騒ぎをしたがったのも、わかるような――

なんのかんのといいながら、概算四分の一里（一キロメートル弱）四方に整列させた一万五千の大軍はたいしたもので、馬に乗った高さだと、ほとんど見渡す限り将兵ばかり。槍足軽が垂直に立てた何千竿《かん》という槍はまるで深い森のようで、これらがすべて自分の差配ひとつで動くと思えば、気持ちはよい。

とはいえ。

——わしはまるで、猿楽（能楽）の役者のような——

どちらが主役か、という話である。家康は舞台に立ったことがないので、よくわからないが。

本能寺の変の直前、家康は信長の接待を受け、安土城で能楽を観た。このとき家康は、信長の隣でうっかり欠伸《あくび》をした。他意はない。「ほどほど」を知らない織田信長の徹底的な御馳走ぜめによる満腹と、心地よい音曲《おんぎょく》によって、睡魔に襲われただけである。そもそも音痴の家康には、天下の名人の舞をみせられても、良さはまったくわからない。

しかし、家康が欠伸をした次の瞬間、織田信長は、

「この、痴《し》れ者めがっ！」

甲高く絶叫しながら能舞台にかけあがり、能役者の胸ぐらをつかんで、

「この、くそが！　くそがっ！　くそったれがっ！」

拳で能役者の鼻を、執拗なまでに殴り続けた。能役者が血だらけになり、失神したところで信長は手をとめ、大きく息を吸って、やたらに静かな口調で家康に言った。

「三河守（家康）殿、これで得心めされたか」

ここで「否」とこたえていたら、信長は絶対に能役者の首をはねていた。家康は無茶苦茶得心した。——能の主役は、役者ではなく観客だということを、だが。

ついでにあらためて思い出した。遠い昔、三方ヶ原の合戦で武田信玄に大敗北し、ほぼひとりきりで戦場から逃げ出したとき、いちばん一所懸命に家康の命を、落ち武者狩りとして狙って追いかけ回したのは敵ではなかった。味方であるはずの、三河の領民たちであった。下手な主君は領民に真っ先に殺される。

こういう発想をするところが、庶民・市民にやたらと人気がある織田信長や羽柴秀吉と、庶民とは接点のほとんどない家康との、おおきな違いである。客と足軽と領民は怖い。

「よいか、一同！」

足軽たちの前に騎馬武者をならべ、家康は声を張りあげた。生まれたときから城主だった割に、たいした才能もなく、運だけでここまできたが、家康には二つだけ才能があった。

大声と、視力である。

徳川家康は、一万五千の大軍の、最後列にならんだものが、家康の呼びかけにうなずいたのが見えた。

こんな大声は、日常生活にはなんの役にも立たない。弓矢どころか鉄砲さえ届くかどうかわからない先の者の表情がわかるような視力は、日常生活には意味がない。戦国武将だからこそ用をなす特技であった。

「羽柴秀吉を、いざ倒さん！」

全軍が呼応し、えいえいおうと鬨《とき》の声をあげ、進軍を開始した。

行き先は、織田信雄の拠点、尾張国都・清洲城である。

五　贅食《ぜいしょく》

天正十二年三月十三日（一五八四年四月二三日）、清洲城本丸御殿表座敷。

徳川家康は最上席で、織田中将信雄と並んで床几に腰かけた。

今朝、家康は、清洲城下を巡回した。徳川軍に寝食が足りているかをたしかめたのだ。なにせ徳川軍だけで一万五千の人員である。全員に混乱なく、宿を割り当て食事を配給するだけで大仕事であった。それら補給管理の仕事は、石川数正にまかせている。徳川のなかでは数少ない吏僚で、石川数正は、評価されにくいものにもかかわらず、よくやってくれている。

幸い、気候の温暖な季節である。虫刺されや食あたりなどで寝込む者はほとんどなく、移動損失は最小限に抑えられた。

なんだかんだいいながらも、尾張国都・清洲城は、物流拠点として最高であった。徳川・織田連合軍の腹をじゅうぶんに満たすだけの大量の兵糧が五条川を水路で、連日、一日何度も何者にも邪魔されずに搬入できるのだ。織田の資本力の源泉を見せつけられると、なんとも言えない気分にはなる。

それはさておき。

「徳川の将兵・三河武士は剽悍無比《ひょうかんむひ》と聞いていたのだが」

織田信雄は上席で黒縅《くろおどし》の具足を身にまとっていた。渋い深緑と金糸を織り込んだ袖の風格は座っているだけで華麗かつ大将の風格がある。かねをかけてもタヌキにしかならない家康は、見た目の良さではとても織田信雄にはかなわない。

「徳川の者は、食って寝てばかりだな」

不平ともなんともつかぬ口調で、織田信雄は言った。

織田信雄の前線は、伊賀・伊勢・尾張のすべてが、秀吉の支配地と国境を接している。どこから秀吉が攻めてくるのかわからないので、織田は戦力を分散させねばならない。その結果、清洲城下で宿をとっている者のほとんどが徳川の軍、ということになった。

「休みを制する者が、いくさを制しまするのでな」

「亡父・信長公に聞かせてやりたい話だ」

織田信雄は、声たかく笑った。

いかにも、生前の織田信長は、家臣――特に重臣の使いかたが荒かった。昨日、岡崎で家康と顔を合わせた重臣が、二日後にはすでに京で政務をとっている、などということも珍しくなかった。そして、織田信長の軍は弱かった。実によく負けた。徳川の者たちは何度か織田信長と合戦で組んだから、誰もが織田信長の軍の弱さは知っている。織田信長が戦国で勝利したいちばんの理由は、「どれだけ負けようが勝つまで戦う・勝つためならどんなことでもやる」という勝利への執念と、勝つまで戦える豊富な資金力にあった。合戦での勝利とは、途中どれほど負けようが、最後に勝った者が勝者なのだ。

――合戦は、寝て食って休んだ者が強い――

伝説の名将・武田信玄と、何度となく戦ってきた実感である。武田信玄の軍は、とにかくよく寝てよく食ってよく休んでいた。寝ているから大丈夫だろう、と、家康が武田軍に夜襲をかけてみると、どんな小競り合いでも必ず徹底的に返り討ちにあった。寝ず食わず休まずに夜襲の機会をうかがっていた徳川と、不寝番だけ立てて十分な休養をとっていた武田信玄の軍とでは、勝負にならないのは、すこし考えれば当たり前である。

それはそれとして。

「兵糧を、織田で持っていただき、かたじけない」

「ま、たいしたことではない」

織田支援の軍事費負担の交渉は、難航すると覚悟していたのだが、織田信雄はあっさりと了承した。のみならず、供される食事が麦や雑穀ではなく、米飯だったことに、家康は驚いた。合戦前なので朝夕の二食なのだが、いずれも米飯。しかも夕食には干鰯《ほしか》が二尾ついた。

はっきり言って、こんな贅沢な食事は、徳川では盆と正月ぐらいしかない。

——織田信雄は、ごちそう攻めにして徳川の下卒（足軽とか雑人とか）を尾張に引っ張り込むつもりなのではないか——

そんな邪念は湧く。まあ、信雄にそんな知恵があるのなら、秀吉に織田信長の資産を奪われたりはしないだろうが。

「そんなものは、あたりまえだろうが」

織田信雄があっさり言ってのけるので、徳川家康は、あらためて織田の財力に内心、舌を巻いた。

よく考えれば、織田信雄は、二度の伊賀攻め（天正七年と天正九年だ）以外には、いくさらしいいくさは、ほとんどやっていない。本能寺の変のときも伊勢から動かなかった。その後も、一兵も動かさずに、政敵である柴田勝家と織田信孝を滅亡させ、名目上、織田の当主となっている。

――合戦をしないということは、こういうことなのか――

そう、いくさをしなければ、米も食えるし、上等の衣服も着られる。いくさをしなければ、豊かな生活が待っている。

問題は、徳川の家臣団の大多数が、いくさで飯を食っているところにあった。

六　先鋒

同日、天正十二年三月十三日（一五八四年四月二三日）、清洲城本丸御殿表座敷。

徳川家康が織田信雄と、床几で協議をつづけていると、物見《ものみ》（偵察隊）からの使者が、血相をかえて飛び込んできた。

「美濃国大垣城主、池田勝入《しょうにゅう》恒興《つねおき》、木曽川を越えて尾張国犬山城を取り申し候！」

その瞬間、織田信雄は顔面を真紅に染め、

「あの、くそが、くそったれがっ！」

と立ち上がった。逆上すると、雰囲気が織田信長に、いっそう良く似る。石と鉄と信長は、熱くなっているときに触れるとロクなことにはならないことを、家康は学習した。信雄も似たようなものだろう。

「大儀であった。続報を待つ」

家康は、淡々と受け止める振りをしつつ、

――池田恒興って、誰だっけ――

一瞬、記憶をたぐった。まあ、その程度の人物である。

池田恒興は当年四十九。「織田信長の乳兄弟で、一度も織田信長を裏切ったことがないことだけが取り柄の男」である。信長の生前、ほとんど功績らしいものを立てていない。本能寺の変の後、織田の後継者を決める会議（清洲会議）のとき、いきなり羽柴秀吉や柴田勝家らにならぶほどの重臣扱いされて浮上し、今日に至っている。

その経歴からいって、池田恒興は織田につくものだとばかり思われていた。羽柴秀吉につくことを織田信雄がまったく想定していなかったのはよくわかる。

ただまあ、泡を食うのは美しくはない。

家康は、織田信雄に声をかけた。

「落ち着かれなされ。案じめされるな」

こういう場合、大人《たいじん》を演じることが重要である。

「それよりも、織田・徳川の主力を、ただちに東に移すことを、進言つかまつる」

犬山城は木曽川をへだてて東美濃に隣接する。犬山を拠点にして東美濃から東尾張に進まれると、徳川は退路を断たれてしまう。今後、羽柴が大軍でやってくることを考えると、羽柴側に包囲されるのは避けたい。

なにより。

清洲城から犬山城までは遠い。六里余（約二五キロメートル）。移動するだけで半日かかる。これでは進撃しても徒歩の移動疲れで返り討ちに遭ってしまう。

「小牧だ」

織田信雄は即答した。

絶妙な決断に、家康は内心、舌を巻いた。馬鹿に見えても信長の息子である。

小牧城は清洲城と犬山城のほぼ中間に位置する。小牧城から犬山城までおよそ三里（約一二キロメートル）。時間にして一刻《こく》半（約三時間）。出張って叩くにはほどよい距離である。しかも五条川を外堀にしているので、清洲城からの水路が直結しており、兵站《へいたん》の補給路が確保できている。

そのうえ、小牧城には家作がそのまま残っている。かつて織田信長が東美濃攻略のために永禄六年（一五六三）から永禄十年（一五六七）まで拠点にしていた。当時の長屋などはだいたい残っていて、大軍でも十分雨露をしのげる。休養がとれて飯が食える場所の確保こそが重要なのだ。

翌日天正十二年三月十四日（一五八四年四月二四日）。

先遣隊から小牧城での駐在の準備が整った、との報がはいり、徳川全軍は移動を開始した。

それとほぼ同じくして、伊勢国・松阪の関近くの峯《みね》城からの使者がとびこんできた。羽柴秀長（秀吉の弟）が、織田方の峯城を包囲した。その数は一万を超えるという。織田信雄はその対応のため、清洲城に一旦とどまり、あとから家康を追いかけてくることになった。

徳川家康は、馬に乗って進みながら、

「織田の戦線は、長くて広い」

並んで馬ですすむ、阿茶局に声をかけた。

「伊勢国・峯城から清洲城まで十四里半（約五七キロメートル）。戦線の東端ちかい犬山城までだと二十里（約七九キロメートル）を超える。羽柴はぜんぶを一度に攻められるが、われらはどこを見捨ててどこをとるか、という選択をするしかない」

「殿はどこを見捨てるおつもりですか」

「信雄」

家康は即答した。

阿茶局は馬に乗れる。足腰が強いので、緋色縅の女物の大鎧《おおよろい》に印度孔雀《いんどくじゃく》の羽根の前立《まえだて》の兜という、本格的な軍装で騎馬できた。その姿は見事すぎて、「命乞いをしているタヌキの如き家康」とならぶと、どちらが主君か、わからぬらしい。

ただ、阿茶局は自分で馬を操れるので、馬の世話役をする雑人たちを遠ざけることができる。無駄口を叩けるところが、家康にはありがたい。

「場所ではなく、人を見捨てる、と」

「土地は動かん。人はいろいろ動く」

「たしかに――しかし、殿」

阿茶局は、黒い瞳が目立つ、いい女である。この時代、切れ長の目を美形とするのが主流ではあるのだが。

「信雄様から殿が見捨てられるとは、お考えにならないのですか」

「信雄が、わしを見捨てると思うか」

「ですね。いまはなかろうかと」

阿茶局は、すこし首をかしげながら続けた。

「奥での信雄様の評判を拾うかぎりでは、信雄様は『自分自身がいちばん好き』という御仁でいらっしゃる模様でございまする」

「――ふむ」

女武者は、最高の間者《かんじゃ》である。家康は、清洲城に入るや否や、阿茶局を清洲城の奥座敷へ挨拶に行かせた。

奥座敷は、妻女が起居する場である。男子は絶対に入れない。つまり城主が誰にも見せない顔が、見える場でもある。信雄の人となりを聞き出すことができれば、次の行動を予測できるのだ。

「日がないちにち、鏡の前で何度も何度も、自身の姿を映して見惚《みと》れ、ご自身の舞を映しては、確かめておられる、とのことにございます」

「それはまた器用な」

自分の姿を確認するためには、磨き上げた手鏡か池の水面《みなも》しかない時代である。よほど自分が好きでなければ、そこまで一生懸命に自分の姿をたしかめない。

つまり。

「『自分が好きになれる条件が整えば、どうとでも転ぶ』ということか」

「ほぼ間違いなく」

「取り扱い易すぎて、かえって厄介かも」

織田信長は、何を考えているのかわからない奴だった。だが、何を考えているのか、わかりすぎるというのも、難しい。

――信長の、息子、か――

徳川家康は、ため息をつきながら、北のかなたにみえる、稜線をゆびさした。

「あれが、見えるか。稜線を邪魔するように、ごみか蠅のようにぽつりと山頂にへばりついている、あれが」

「見えますが、あれが何か」

「岐阜城だ」

正確には、岐阜城はあの山麓にある居館群をさす。山頂にあるのは、物見《ものみ》櫓《やぐら》だが。

織田信長本人は、あの、金華山《きんかざん》（稲葉山）山頂の物見櫓で寝起きすることが多かった。登山口が限られるので、暗殺防止のためである。だが、ほかにも理由があった。

「一度だけ、織田信長殿に案内《あない》されて、登ったことがある」

姉川の合戦で、浅井長政の猛攻から織田信長を救った直後のことだ。

あのときの金華山山頂からの眺望の衝撃を、家康は忘れられない。西は関ヶ原、南は尾張国・熱田湊《みなと》までみえるほどの絶景であった。

「そこで信長は、わしに背を向け、その眺めに向かい、両腕をひろげて絶叫しやがったんだ『見渡す限り、すべて俺のものだあああっ！』と」

「お下品ですね」

「そこが信長の庶民人気の源らしいんだが」

いちおう、信長の言う通り、山頂の物見櫓から見える、すべての場所が信長の領地なのだから、間違ってはいない。けれども、だ。

「なまじ『どう見えるか』を知っているだけに、見くだされている状況がわかって、不快だ」

「殿は『見くだされている』と、ことあるごとに言っておられることに、お気づきですか」

――そう指摘されると、たしかに――

「殿がご幼少のときは今川に見くだされ、青壮年期には織田信長に見くだされ、それはそれとして家臣団に見くだされ、甲冑を新調しても足軽たちに見くだされていると焦っておびえ」

「次は誰に見くだされるのだろう」

「他人の目の高さを評価の基準にすると、ご自身が壊れますよ」

「ならば何を基準にせよというのだ」

「わたくし」

阿茶局は、眉ひとつ動かさず、馬の手綱を握ったまま、しずかに即答した。

「わたくしが申し上げます。殿は、凄い」

冷静に考えれば、阿茶局の言う通りである。家康は、自分の来し方を点検してみた。あわせて十年を超える人質生活を生き抜き、十年に満たぬ短期間で三河一国を支配した。伝説の名将・武田信玄と互角にわたりあってきた。一向一揆で真っ二つに割れた家臣たちをまとめあげた。三方ヶ原の大敗北や、本能寺の変での巻き込まれからの脱出時では、ほぼ孤立して死が目前にあったが、いずれも生き残ってきた。

戦国時代といえども、国主級ともなれば戦死は稀である。追放されるか家臣に迫られて自害するかのどちらかである。数え切れないほどの戦死の危機を乗り越えてきた、家康は稀なる武将であることは確かでは、ある。いまは東海道五箇国の太守になった。

家康は、阿茶局の言葉に、我ながら単純だと自覚しつつ考えなおした。

俺は、凄い。


そのとき。

背に三つ葉葵の指物を立てた物見の騎馬武者が、本多忠勝と馬をつらねてとんできた。ふだん物事に動じない本多忠勝の、顔色が青い。

本多忠勝が、腹の底に響くような、低い声で告げた。

「殿、物見の報を聞く前に、まず息を吸って御心構えを」

「わかった。――どうも、おおごとらしい。そこなる物見、何があった」

「羽柴方の、もうひとりの先鋒が、判明つかまつり候」

「誰だ」

「美濃国金山《かねやま》城主、森武蔵守長可《ながよし》にございまする！」

その瞬間、家康の周囲――阿茶局と雑談するために、そこそこ人を遠ざけていたのに、ざわめき、凍りつき、ささやき合う声がしてきた。

――あちらの先鋒は、よりによって『鬼』かよ――

森武蔵守長可は通称「森武蔵」。受領名を呼ぶ時は「森武蔵守長可」といわれる。かれは徳川の間では知らぬ者のいない、武田信玄と並ぶ伝説の猛将である。

人は彼を『鬼武蔵』と呼んだ。

七　鬼武蔵

天正十二年三月十四日（一五八四年四月二四日）。

羽柴方の先鋒が森武蔵守長可だとしれた瞬間、徳川全軍が恐怖で震えた。その気配は阿茶局にも伝わった。

「何者なのですか、『鬼武蔵』とは」

「そなたは合戦に出たことがないから、知らぬわな」


森武蔵守長可は、当年二十七歳の若さでありながら、すでに伝説の猛将であった。ただし「好んで人を殺す、血に飢えた鬼」というところが、武田信玄たちとは異なるが。

森武蔵守長可は、織田信長の家臣であった。弟は信長の吏僚・森乱丸（蘭丸）である。元亀元年（一五七〇）六月、朝倉攻めで兄が戦死し、同年九月、志賀の陣で父親が戦死したため、家督を継いで東美濃・金山城主となった。

当初、森長可の通称は「勝蔵」だったが、好んで敵を殺し、みずから血と死を望んでいるかのような荒っぽい戦いぶりを織田信長が面白がり、「武蔵坊弁慶にあやかって『武蔵』と名乗れ」となった。以来、通称を「森武蔵」、受領名を「森武蔵守（長可）」そして人は恐怖をもって『鬼武蔵』と呼んだ。

あの虐殺好きの信長をしてそう言わしめるのだから、森武蔵の流血好きは、推して知るべしであろう。

徳川家康は、森武蔵とは天正三年（一五七五）の長篠の戦いで組んだ。このときすでに、森武蔵は十八歳の若者でありながら二度の長島一向一揆鎮圧に出陣し、武名をあげていた。

「信長殿が森武蔵をわしに引き合わせたとき、自慢げに『一人で一向一揆二十七人をぶっ殺した。女でも子供でも躊躇《ためら》わず、容赦しない。すごいだろ』と高笑いしおった。ぞっとしたぞ」

戦国武将にとって合戦は経済行為である。思想信条で戦うのは一向一揆衆ぐらいなものだ。生活のために戦うのであって、たとえ必要であっても、女・子供・老人といった非戦闘員まで好んで殺すのは例外である――織田信長は、その例外であったが。

「二十七人、とは、本当ですか」

阿茶局は馬の上で首をかしげた。

鉄砲が単発だった時代である。もちろん刀剣ではそんな大量殺人は不可能である。槍でいちいち突き殺すだけでも大仕事なのだ。

「合戦の最中、森武蔵が川辺でしゃがんでいるので、同僚が何をしているのか訊ねたところ『敵を刺し殺しすぎて槍が刃こぼれした。いま、川原の石で刃を研ぎ直しておる』とこたえ、その手には血まみれの石があったそうな」

いちいち不気味な伝説を持っている。

「ということは、化け物のような大男――」

「小兵《こひょう》だったよ。わしより頭ひとつ身丈はひくい。背だけは秀吉殿と同じぐらいだが、色白の美男の優男《やさおとこ》だった。信長殿に引き合わされたとき、思わず目を疑ったね」

だが問題はそこじゃない。

「徳川は『鬼武蔵』の生霊《いきりょう》に悩まされてきたのだ」


森武蔵守長可は、天正十年（一五八二）四月、織田信長による武田攻めで大きな戦功をあげ、これにより北信濃川中島近辺四郡・およそ二十万石を与えられた。与えられたといっても、統治権を認められただけで、あとは自力でなんとかしなければならない。

戦国の通例として、臣従したものは主君に人質を差し出さなければならない。だが、森武蔵が小兵の美男だったことが災いした。

「信濃の国人衆を集めて支配する旨を通達したとき『まるで善光寺のお稚児さんのような御仁が』と森武蔵を指差してせせら笑い、人質の差し出しを拒んだ者が少なからずいたそうな」

そのあとに森武蔵がとった手段が怖かった。夜ごと、反抗した国人・地侍の自宅を強襲し、子息の身柄を強奪する。ほかのものにはまったく目もくれず、子供だけを連れ去るのだ。もちろん、家臣として従わせるのが目的だから、城に連れてきた子息は丁重に扱うのだが。

ただ、二ヶ月を経ずして本能寺の変により織田信長が横死した。これにより、森武蔵は信濃の新領地を放棄した。周囲はまだ忠誠とはいえないのだから、当然の判断だった。

ちなみに信濃脱出時、森武蔵は人質としてとった子どもたちを、ひとり残らず殺している。君臣の契約を家臣が一方的に放棄した場合に人質を殺すのは、約束の上ではそうであっても、実際に手をかけるのは決して多くない。容赦ない森武蔵の仕打ちに、信濃衆は震え上がった。

「北信濃では、子供たちが夜泣きすると『鬼武蔵が来るよ』というと黙ったそうな。真偽はさておき、そう思われていたことが重要だ」

森武蔵は本来の拠点である東美濃・金山城に戻った。東美濃は織田信長の死により権力の空白地となっており、森武蔵は自力で東美濃一帯を制圧した。そのころに中央政権の覇権争いに決着がついた。森武蔵は東美濃の領有権を羽柴秀吉に追認してもらい、現在にいたる。

「信長殿の死で漁夫の利を得たのは、徳川も同じだ」

甲斐は比較的すんなりと手に入った。甲斐衆は「主君を誰にするか」でおおむねまとまり、「北条にするか徳川にするか」で、徳川を選んでくれた。

問題は、信濃であった。いろんな事情がある。徳川は可能なかぎり力ずくでの合戦を避けた（合戦をしまくるだけの資金は残っていなかった）という徳川側の理由もあれば、上杉・北条・徳川に囲まれた上に一向宗の力が強いという信濃側の理由もある。

しかしなんといっても――

「信濃の国人衆が言ったそうだ。織田が送った『鬼』にくらべれば徳川はしょせん『人』だ、とな」

徳川を舐めてかかっている、ともいえるし、交渉の余地があるから徳川の支配を受け入れた、ともいえる。

「殿は『鬼』にならなかったのですか」

「人質なぞあてにならんからな」

家康が子供のころ、織田信秀（信長の父）が家康を誘拐した。このとき織田信秀は家康の父（岡崎城主）を脅迫した。「息子の命が惜しければ織田につけ」と。

これに対し、家康の父は「煮るなり焼くなり好きにせよ」と言い切って家康を見捨てた。家康自身も人質を見捨てている。桶狭間の合戦で今川義元が戦死したとき、妻子を人質として駿府に置いたまま、今川からの独立を宣言した。君臣の契約を家康が一方的に破棄したのだから、妻子が殺されても文句がいえなかった。

「『鬼』はどちらですか」

阿茶局が眉をひそめたので、家康は、すこし大きな声で言った。

「肉親は裏切るが、家臣は裏切らない」

嘘である。

そもそも家康は、肉親と生活した経験がないから肉親の情は理解できない。家臣は、裏切られるのを前提につきあうから、裏切られても腹は立たない。

生前の織田信長は「徹底的に信じる相手か、それ以外は敵」という、極端な人間関係しか築けなかった。

——あれよりは、まし——

だと家康は思う。

「逆に申せば」

阿茶局は、すこしためらいを見せたものの、続けた。

「鬼武蔵は、よほど肉親の情に厚いおかたなのですね」

「それだ」

家康は、おもわずうなった。人は自分の尺度で他人をはかる。家康は家族の情を知らないから気づかなかった。森武蔵は、自分が人質をとられると、情によって身動きがとれなくなるからこそ、信濃であれほど強引に人質をとったのだ。

「名張はおるか」

家康は指を鳴らして伊賀者の副棟梁を呼んだ。伊賀者棟梁の服部半蔵正成は、いま、北伊勢鈴鹿口に出張中で不在である。

「これに」

名張某が、足軽姿で家康の馬のもとに駆け寄った。

「森武蔵の妻子や母は、どうしとる」

「母御《ははご》は城外におりますが、一向門徒でございます」

「わかった。母親には絶対に手を触れるな」

家康は、一向門徒には手を焼いてきた。三河一向一揆以来、ながらく一向宗を禁教にしてきた。昨年天正十一年（一五八三）、ようやく領内の一向宗を解禁したばかりである。ここで虎の尾を踏むことはない。

「妻子は」

「子はおりませぬ。正室は西美濃大垣城に在の由」

なんでそんなところに、といいたいが、森武蔵の妻は池田恒興の実娘であった。人質ではなく、万一にそなえての避難である。

「兄弟などはおらぬのか」

「乱丸（蘭丸）、力丸、坊丸の弟たちは、本能寺で討ち死に申し候」

――どんな家族だ――

家康は、思わず絶句した。

父・森可成《よしなり》は志賀の陣で浅井長政たちと戦って死んだ。兄・森可隆《よしたか》は朝倉攻めで死んでいる。兄、弟たちがほとんどすべて、織田のために戦死しているのだ。戦国武将といえども、そこまで苛烈な一族は珍しい。

「末弟・忠政殿（当時は長重）が、留守居として美濃金山城におり申し候」

「かどわかせ」

家康は即断した。誘拐してこい、と。

「たった一人の肉親が『鬼』の弱点だ。鬼の虎の子を手に入れろ」

伊賀者が、すこしためらう気配をみせた。子供殺しは、伊賀者でも嫌う。家康は続けた。

「生死はどちらでもいい。子供殺しの罪は、わしが着る」

「承知」

そう答えて伊賀者は駆けていって姿を消した。

「そんな目でわしを見るな」

家康は、阿茶局の視線に、おもわず言い訳をした。

たいした才能もなく、将器もなければ人望もない。そんな家康でも、とりあえずながら五箇国の大大名になれた理由は二つ。運がよかったこと、そして死ななかったことだ。

「戦国大名——戦国武将じゃないぞ——でもっとも重要なのは、生き残ることだ。そのためなら、笑われようが、軽蔑されようが、どんなことでもやる。なりふり構っていられるような才能は、わしには、ない」

とはいえ、何をやろうとも、とりあえず合戦では『鬼』を正面から倒さねばならない。

頭が痛い。

八　ひとでなし

同日天正十二年三月十四日（一五八四年四月二四日）、小牧山下、徳川家康本陣。

鎧の背に「鬼」「鶴丸」「五三桐《ごさんきり》」の三本の旗を差し立てた武者が、床几に腰掛けている家康の前に立った。万一にそなえて阿茶局は陣の奥に控えさせ、家康の両脇を警護の者で固めた。密書だと外部に漏れては困るので、酒井忠次・石川数正・本多忠勝・井伊直政・榊原康政の重臣だけが同席している。

「手前、森勝蔵武蔵守長可《ながよし》が馬廻衆、秋葉真之介に候。わが主より徳川三河守家康に告知の状あるによって推参いたしました」

武者の背にある「鬼」はいうまでもないが、「鶴丸」は美濃金山・森氏の旗印である。「五三桐」は羽柴秀吉が信長から下された（五七桐《ごしちぎり》は「豊臣」の姓を下賜されてから）。要するに、森武蔵は正式に秀吉の下に入り、家康と敵対することを宣言しにきたわけだ。

「いかなる」

「これに」

森武蔵の使者は、手にした書状を一気に広げて言い放った。

「徳川三河守は恥を知るべし」

次の瞬間、若い井伊直政が顔色を変えて立ち上がろうとしたので、家康は目で制し、使者に続きをうながした。

「われらが主君・信長公の敵討ちのために信濃国・川中島を出た、その混乱に乗じて領地をかすめとった。徳川三河守の火付け盗賊のごとき所業は、戦国の世ゆえ許して進ぜる。されど――」

告知状とあるが、早い話が挑戦状である。

「君臣の契りをかわさぬ者の子息に手をかけるとは、畜生にも劣る所業にして言語道断である。地獄の獄吏にかわり、鬼として森武蔵が成敗つかまつる。首を洗い化粧《けわい》して待つべし」

家康の重臣たちは互いの顔を見合わせた。森武蔵がここまで激怒する理由を、かれらは知らない。――家康にはよくわかっている。

「とくと承知した。森武蔵殿に伝えるように。いくさ場にて尋常に勝負つかまつらん」

「承知」

森武蔵の使者が下がっていった。

それをたしかめてから、酒井忠次が、おもむろに家康にたずねた。

「なにゆえ森武蔵が、あれほどまで殿に激怒の風をみせているのでございましょうや」

「実は……」

どう切り出すべきか迷ったが、結局正直に告げることにした。

「森武蔵の弟を誘拐しようとして、しくじった」

次の瞬間、重臣の五人が立ち上がり、阿呆ですかあんたはと一斉に怒鳴りだした。


とりあえず家康は重臣たちに状況の報告をはじめた。

「伊賀者支配・服部半蔵（正成）は伊勢に出張《でば》っとるので、留守役の者を五人、森武蔵の弟・忠政を誘拐するために美濃金山城に向かわせた」

真っ昼間に金山城に侵入した伊賀者たちは本丸・中座敷にはいり、森忠政に猿轡《さるぐつわ》を噛ませて縛り上げた。ここまではたやすく終わった。誘拐・拉致は伊賀者たちの得意とする技のひとつである。森忠政は当年十五歳の、そこそこ分別のある少年である。

問題はそのあと。

縛り上げた森忠政を、伊賀者の一人が肩に担ぎあげると同時に、その伊賀者の首が飛んだ。

森武蔵が太陽を背にし、十文字槍を手にして立っていた。顔を知らなくても「五尺に満たない小兵の鬼」とは、誰もが知っている。十文字槍の横枝刃で、森忠政をかつぎあげた伊賀者の首を刈り取ったのだ。

伊賀者たちは、森武蔵の気迫に、一瞬たじろいだ。その差が死に直結した。

次の瞬間、森武蔵は槍を繰り出し、さらに二人を突き殺した。刀を抜くことさえ難しい、狭い座敷のなかで、だ。鬼は人を殺すのをためらわない。

伊賀者の一人が、恐怖で我を忘れ、森武蔵にとびかかった。だが森武蔵はその伊賀者の頭を小脇に抱え、これまた恐怖で立ち尽くす、最後のひとりの伊賀者に告げた。

「そこなる伊賀者、よく見よ。帰ったら伝えよ。『鬼の身内に手を出すと、こうなる』と」

森武蔵はそういうと、小脇にかかえた伊賀者の頭を、脇を締めて絞り割った。スイカが割れるときのような音を立てて、頭蓋の中身が潰れてとびちった。

徳川家康は、帰ってきた伊賀者がおびえきった表情でする報告に、自分の耳を疑った。人間の頭は、思われているほど頑丈ではない。家康も、一度だけ刀術の据物《すえもの》切りの稽古で、死体の頭を割ったことがあるが、手応えのなさに驚いた。ただし、生きている人間の頭を、それも素手で割るのは、技術とか武芸とかは別問題である。

「――と、そんな具合で、服部半蔵が戻ってくるまで、しばらくの間、伊賀者も怖がって使いものにならんのだ」

家康は、重臣たちに、またどやされるのかと思ったが、全員が腕を組み、黙り込んでしまった。

――これなら怒鳴られたほうが、よほどいい――

ものすげえ気まずい沈黙がながれたあと、結局、いちばん若手の井伊直政が、ぼそりと言った。

「殿は『鬼武蔵』の義侠心の炎に、わざわざ油を注いだわけですね」

そう指摘されると、家康には返す言葉もなかった。

森武蔵が参戦したのは、義理や人情は関係なく、森武蔵本人の利害のために過ぎなかった。森武蔵と羽柴秀吉は「年の離れた同僚」であって、主従でもなければ上下の関係もない。森武蔵が東美濃を支配するうえで、羽柴秀吉は何もやっていない。「秀吉が森武蔵の東美濃支配を追認したので、現状を維持するために秀吉についた」以上のことはなかったのだ。

それをわざわざ怒らせたのは、家康の大失敗である。

「で、いかがなされますか」

重臣筆頭・酒井忠次は、真顔で家康に問いかけた。

「森武蔵が動かせるのは、多くても三千そこそこ。徳川一万五千の総力をもってすれば、理屈の上では潰せぬことはありませぬが――」

家康としては何も言い返せない。先に酒井忠次が言葉の穂をついだ。

「それはお避けになるのが賢明かと」

「桶狭間やら姉川の二の舞いになるわな」

桶狭間の合戦では、二千の織田信長の軍が二万を超える今川義元の軍勢を、中央突破して今川義元の首をとった。

姉川の合戦では、九千の軍を率いる浅井長政が、三万近い織田信長軍を次々と撃破し、互いの顔がわかるほどの距離まで肉薄してきた。

戦国の合戦は、利益を得るためにやる。生きて帰ることを前提にして戦う。だから、自滅覚悟で総大将の首だけを狙ってくる相手には脆い。少数の敵を相手にする場合、死を覚悟させるよりも、生きる望みを持たせて崩すのが鉄則である。

おぼえず家康は腕を組んだ。

――だが、誰を森武蔵と戦わせるのか――

重臣たちが、互いに心のなかで顔を見合わせているのが、家康にはわかった。

歴戦の猛将といえども、生きて帰りたい。ましてや家康の判断間違いの尻ぬぐいで死にたくないだろう。

――しかたない――

家康は覚悟をきめた。

「わしが」

「絶対に不可です」

酒井忠次が間髪入れずにさえぎった。

「大将首がとられた時点で敗北でございます。いままで殿の首を守るために、どれだけの血が流れたか、承知しておられますか」

「わかっとる」

だが、石川数正が小脇に算盤をかかえたまま、口をはさんだ。

「しかし、酒井、心当たりがあるのか？　森武蔵と互角に戦える奴が」

間髪いれずに本多忠勝が割って入った。

「拙者がおり申す」

「負けたときのことを考えておるのか」

石川数正に反論され、本多忠勝は黙った。尻の青い猪武者《いのししむしや》なら「負けるわけがない」と怒鳴り返すのだろうが、歴戦の武将だからこそ、合戦場の魔を知っている。絶対に負けない合戦など存在しない。

「負けても徳川の武名に傷つかず、討ち死にしても誰も困らず、しかも森武蔵に匹敵するほどの合戦巧者であり……」

石川数正はそこまで一気に言ってから黙った。森武蔵と直接対決する者は「たとえ勝っても『重臣にしてくれ』と言い出さない人物、つまり重臣たちの地位をおびやかさない人物」であることが重要だからだ。

もちろん、石川数正は徳川では珍しい吏僚型の重臣だとはいえ、さすがに、ここまでひとでなしな理由を口にするのは、まずい、と気づいた様子であった。

——のだが。

いた。

今度は重臣たちが、本当に互いの顔を見合わせた。全員の脳裏に浮かんだ武将はひとり。ただし、もろに重臣たちの武将としての品性に直結する人選なので、わかっていてもその名を口にするのをためらう気配があった。

――どうせ、そういう嫌な役目は俺がやるんだろ、くそぉ――

家康は内心、毒づきながら口を開いた。

「奥平九八郎信昌は、どうか」


奥平九八郎信昌は当年三十歳の男盛り。家康の娘婿だが、血縁以上のものはない。だが奥平信昌の武名は三河で知らぬ者はいない。姉川の合戦と長篠の合戦の英雄であった。

奥三河・作手《つくで》の生まれである。今川・武田・徳川の国境地帯で、奥平氏は、今川・武田・徳川の三者の間につきつはなれつした。

奥平信昌自身は戦国には珍しく刀術の達人で、奥山新陰流を身につけている。姉川の合戦が初陣で、このとき首級をいくつもあげたことで注目された。

長篠の合戦の英雄でもある。武田勝頼の一万五千ともいわれる大軍を相手に、奥平信昌は長篠城に五百ほどの小勢でたてこもって対抗し、徳川・織田連合の大軍が到着するまでささえ切った。

奥平信昌の武功そのものは比類がないが、野心がない男でもあった。長篠の合戦の功績について、家康にもとめてきたのは、家康の娘・亀姫を正室にすることだけだった。

徳川では現在にいたるまで、外様同然の扱いのままであり、奥平信昌もその地位を甘んじて受けていた。

つまり「圧倒的な合戦巧者でありながら、外様あつかいなので戦死しても徳川に傷がつかず誰も困らず、勝っても徳川の重臣の地位をおびやかさない武将」という、まったくもって都合のいい武将であった。

であった、が――


家康が奥平信昌の名を口にしたとたん、重臣たちは黙った。ここで名将として名高い本多忠勝や酒井忠次が「それはいい考えで」と真っ先に賛同すれば、彼ら自身の武名に傷がつく。井伊直政は、若くてもここで口を出すような阿呆ではない。

名将とは、合戦に強いだけではなく、政事にも強いからこその名将である。ほいでもって、名将は、他人に名将と思われてこそ名将なのだ。身も蓋もない言い方をすると、名将とは、なるものではなく、作るものである。

そのためには。

「よかろう。わしが決断した。奥平信昌に森武蔵討伐を命ずる。異論を挟まぬように」

そう、重臣たちの面目を保つためには、「家康が汚れ役を奥平信昌に押し付けた」責任を引き受けなければならないのだ。

――なんというか――

もし後世に自分の業績が残されるとしたら、保身と陰謀にまみれた、さぞかし嫌な主君として描かれるのだろう。ただ、それならそれでしかたない。きれいに死ぬより、とりあえず目の前をなんとかする。いまさら、そんな生き方を、かえることはできない。

九　羽黒

天正十二年三月十六日（一五八四年四月二六日）正午。

小牧山下の徳川家康本陣に、清洲城の織田信雄から急報が入った。伊勢国松ヶ島城で織田が一勝をあげた、という。羽柴秀長（秀吉の弟）が大軍をもって信雄の本拠地・伊勢国松ヶ島城を包囲したが、これを信雄麾下《きか》の伊勢衆三千人が一時撃退した、とのこと。

「ざまあみろ猿」

という趣旨の殴り書きされた織田信雄の書状に、徳川家康は内心頭をかかえた。

織田信雄は合戦の大局をみていない。政事巧者なのに、本当に軍事に疎い。

羽柴は、三木城・鳥取城攻めで知られるように、攻城戦での封じ込め能力は、天下一の名手である。松ヶ島城の伊勢衆が一瞬勝利したとしても、城から出られず、小牧まで援兵に来られないのでは、伊勢衆三千は死んだのと同じことである。それでなくとも圧倒的多数の羽柴軍を相手に援兵が見込めないのは、頭が痛い。

そして頭の痛いことがもうひとつ。

森武蔵守長可の軍勢およそ三千が、美濃金山城を出て、尾張国・羽黒の八幡林に着陣した。本隊の池田恒興隊から一里余（約五・二キロメートル）の距離で突出している位置で、小牧山からはわずか二里余（約八・五キロメートル）。小牧山頂に設営した櫓に上れば全軍の動静が目視で確認できる距離である。

森武蔵の軍勢が、さあいつでも襲えるものなら襲ってみろと言っていた。


「九八郎（奥平信昌）、そこもとならば、森武蔵の心中をどう読む？」

徳川家康本陣。家康は人払いをし、奥平信昌に森武蔵対決を命じつつ、たずねた。

「あれは、生きるつもりはありませぬな」

奥平信昌は、すこし首をかしげてこたえた。首を曲げたときに、ぽきりと音を立てたのが家康にも聞こえてきた。首と顔が同じ太さである。背丈は家康と大した差はないが、大童《おおわらわ》に束ねた髪はそこここが擦り切れ、剃り上げた月代《さかやき》は日に焼けて薄皮がむけている。

「戦って死んで名を残すことを選んだ、といったところでございましょう」

「勝てるか」

「無理です」

奥平信昌は即答した。

「死にたがる奴は何よりも強い」

瀕死の戦局から生還した男が言うだけに、説得力が違う。

「拙者が森武蔵に敗北して戦死するのは当然として、それが徳川全軍に及ぼす影響をお考えになるのが肝要ではなかろうかと」

なにせ農閑期である。小牧・羽黒間の田畑は、田には水もいれられず、ただ原野だけが続いていた。合戦の様相はどこからも見えてしまうのだ。

しかしそのことより――

「そこもと自身が森武蔵に敗北して戦死するのは当然、と」

そのほうが家康の意表を突いた。

「拙者の仕事は『死ね』と言われて戦死することなので、別段かまいませぬ。なにより『鬼武蔵』を相手に戦って討ち死にするなら、まあ、本望です」

まるで「先に飯を食っておれ」と命じられたかのような口調で、奥平信昌はこたえた。

「ただし、負け方に工夫が要ります。拙者が戦死しても、それで徳川全軍が不利になっては、どうにもなりませぬ」

たずねるべきか、すこし迷ったが、家康はどうしても知りたいことがあった。

「なぜ、それほどまでに平然と死を受け入れられるのだ?」

「人生が、余りましたので」

「はあ?」

「生きるためにほしいものが、すべて手に入り申した。姉川の合戦、長篠の合戦で、すでに二度も武功をあげました。妻との間に男子は四人（家康の外孫だ）。いま五人目を懐妊中で、家名は残せます。奥三河は国境で安定せぬ時期が長うございましたが、いまは徳川の領地に囲まれておりますゆえ、隣地に蹂躙《じゅうりん》される心配もない。現世に思い残すことは、なにもありませぬ」

――わしに、そんな日が来るのか？――

東国五箇国の大大名となり、戦国屈指の武力と武功をあげていながら、収入のことごとくを軍事費に溶かして襤褸《ぼろ》をまとい、家臣団の顔色をうかがう。何人もの側室と五男三女をもうけているが（うち、正室・築山と長男・信康は謀反で処刑した）、それは閨閥づくりの出産要員と、後継者づくり以上のものはない。家族は捨てたことも捨てられたこともある身であって、肉親の情ほど信じられないものはない。

家康には、「生きるために欲しいもの」は、雨後の虹のように、見えるような見えないような、見えていても追っても逃げてゆくものでしかないのだ。

それはそれとして。

――どうしたらいい？――

「森武蔵は、合戦巧者なだけの猪武者かと思っていたが――」

家康は腕を組んでうなった。

――存外に大局が見えている――

森武蔵との合戦は、戦う前なのに、すでに始まっていた。森武蔵は何手も先を読んでいる。

数の上だけなら、徳川全軍は森武蔵軍を圧倒している。緒戦で森武蔵が徳川を手こずらせたらどうなるか。

家康の立場が、あやうくなるのだ。

対・森武蔵の、さらなる大局の「対・羽柴」の戦いでは、徳川は圧倒的不利にある。森武蔵が家康の出鼻をくじけば、徳川の重臣たちは早々に家康を見限って「徳川の負け」を決断し、寄ってたかって家康の首を秀吉に差し出す。戦国では、もっともよくある滅亡の形だ。

そしてもうひとつ。

――奥平信昌に武功をあげさせると、厄介なことになる――

こんな、無私で無欲な合戦巧者に名をあげさせたら、家康自身の立場があやうくなるではないか
「九八郎は自軍を一千に削れ」

「とは」

「圧倒的不利をもって森武蔵に当たるのだ」

奥平信昌は、まばたきせずにこたえた。

「御意」

「早まるな。続きがある」

ほっとくと奥平信昌は、そのまま死にに行きそうなので、家康はあわてて続けた。

「うち六百は鉄砲隊にせよ。徳川の本隊からまわす。鉄砲足軽一兵につき五挺の替え銃と弾

込め助手、一挺あたり五十発の弾薬をつける。すなわち三千挺の鉄砲、十五万発の弾丸で三千森武蔵を襲え」

「殿、それではぜんぜん『圧倒的不利』ではありませぬ」

九年前の長篠の合戦で、織田・徳川連合軍三万八千の大軍が運用した鉄砲が三千挺だった。辺境の一戦局に投入する規模の鉄砲隊ではない。

「いいのだ。兵数で不利なことには違いない。わしは嘘はついていない」

たしかに、嘘はついていない。

「よいか九八郎、弓矢の届かない距離で撃て。六十間（約一〇九メートル）で撃て。撃って撃って撃ちまくれ。いかに森武蔵といえども、この大量の鉄砲相手では退《ひ》く。遠目からなら、『徳川が小勢で鬼武蔵を追い立てた』と見える。それでいいのだ」

「殿、お言葉ながら、それでは武将の誇りというものが」

「捨てろ」

無茶苦茶だと思いつつ、家康は続けた。

「安心せえ。わしも持っとらん」

何拍かの間を置いて、奥平信昌は微妙な表情でうなずいた。

「御意」

本当に、家康は、武将の誇りは持っていない。

翌日天正十二年三月十七日（一五八四年四月二七日）夜明け。

徳川家康は、阿茶局とともに小牧山山頂に設営した物見櫓にあがった。材木を組み上げただけの簡略な櫓なので誰かが潜めるはずはなく、いちいち人払いしなくても、盗み聞きされる心配はない。

「先鋒の部将と、一瞬で会話する手立てがあるといいのだが」

戦国の合戦でも、これだけの規模になると、大将の采配や軍配は見えず、大将の意思では動かせなくなる。総大将の仕事は準備と人員配置だけだ。合戦が始まれば、それぞれの部将の判断にゆだねるしか方策がない。

先鋒で最前線の奥平信昌隊が、羽黒八幡林の森武蔵軍に向かって前進しているのは、見える。ただし見えるのは「一千の人間の集団が動いている」ことだけ。もうすこし近ければ旗もみえるだろうが、こうなれば放たれた矢と同じで、できることはない。

奥平信昌隊のすぐうしろには松平家忠隊の率いる次鋒隊がつき、右翼・八幡林南方側からは酒井忠次隊が迂回しながら前進していた。

森武蔵隊の、北方と東方は空けてある。東方は森武蔵の本拠地・美濃兼山城へ抜ける道。北方は羽柴方先鋒・池田恒興隊が待機する犬山城への道である。敵を襲うとき、敵の逃げる道をつくることは、合戦の鉄則である。

――本当に、落ち着かない――

徳川家康は、物見櫓の欄干を、拳骨でたたきながら、おもわずうめいた。

「これでは戦端を切ることさえ、家臣まかせだ」

阿茶局が、こころもち眉をひそめた。

「他人に任せられないとは、器が小さいですよ」

「言われんでも、小さいわい」

「勝算を、案じておられるのですか」

「それは、ない。わしは勝つ」

かなたの眼下で、奥平信昌隊が白煙をあげるのがみえた。一、二、と二十数えると、物見櫓が倒れるかとおもうほどの圧と轟音が小牧山に届いた。おぼえず、家康は欄干を握りしめた。

二度、三度と、奥平信昌隊の鉄砲の一斉射撃と、その轟音《ごうおん》がとどろく。

「いくら『鬼武蔵』でも、あの鉄砲の数の前では無力だ」

鉄砲が伝来してからおよそ四十年。長篠の合戦で織田・徳川連合軍が（忘れがちだが武田勝頼軍も）本格的に鉄砲を実戦配備してからも十年近く経っている。鉄砲は爆発的に大量生産され、命中精度もあがり、合戦用の武器の主力になっていた。合戦の帰趨《きすう》は、戦技よりも、鉄砲と弾薬の調達力に左右されている。なにより、合戦以外に使い道のない鉄砲隊を、平時にどこまで養えるかという資金力の戦いになりつつある。

その意味で、東美濃の辺境の一武将にすぎない森武蔵と、武力だけは圧倒的にある徳川家康とでは、そもそも資金力に圧倒的な差があった。

かねがあるほうが勝つ。身も蓋もない言い方だが、そういうことだ。

「ならばなぜ、それほど苛《いら》ついておられるのですか」

「わし自身に、だ」

いろいろあるのだ。

戦国大名にとって最大の敵は有能な家臣である。その「有能な家臣」が息子、ということも珍しくない。斎藤道三、武田信玄、そして家康自身も長男・岡崎信康に謀反を起こされかけて処刑している。

四度、五度、六度と間髪いれず鉄砲の斉射が続いたのち、森武蔵の本陣に火が放たれるのが見えた。

羽黒八幡林には城はない。その名の通り、八幡神社ともうしわけ程度の林があるだけで、守ることは考えられていない。

手順としては、炎と煙にいぶされた森武蔵隊が、本陣を出ようとするところを奥平信昌隊の——徳川の鉄砲隊が追い打ちをかけ、森武蔵隊が敗走する。

面白くもおかしくもない戦法だが、確実ではある。正攻法は正攻法だけの理由はある。

鉄砲が豊富にありさえすれば誰にでもできる勝ち方で、そこには美学もなければ武功も関係ない。

「奥平信昌の武名をあげさせず、森武蔵を倒す方策は、これしかないのだ」

「殿、こすっからすぎて恥ずかしくありませんか」

「恥ずかしいに決まっとる。だが、これしか――」

この距離だと、合戦の概略しかわからないのが、もどかしい。家康は、自分を落ち着かせるために饒舌になっているのがわかった。

「織田信長殿のような市中人気を得る才はなく、羽柴秀吉殿のような金策や調略の才はない。軍才では武田信玄に遠く及ばず、政事の才では今川義元の足元にも及ばない。届かないのは先人だけかと思ったが、敵を畏怖させる才では年若い森武蔵にあっという間に追い抜かれた。これからもたぶん、もっと多くの新星に、いろんな才で追い抜かれる」

――わしには、美しい生き方や、恥ずかしくない生き方は、できないのか――

できないのだ。

「どんな死地に遭遇しようが、どんなことをしても生き残る。わしの才は、それしかない。それだけしかない」

家康は、額の汗をぬぐった。気がつけば、拳が血まみれになっている。拳で欄干を叩きすぎた。

そのとき。

櫓下から伝令がとんできた。

「先手大将、酒井忠次様からの伝令でございます！」

先鋒は奥平信昌に任せたが、第一波全体の指揮は重臣筆頭・酒井忠次の役割である。

「奥平信昌、鉄砲衆により森武蔵を八幡林より追い立て申し候。森武蔵は陣を捨て、犬山城に向かい候！」

「深追いをするな。羽黒八幡林には守兵を置いて戻ってくるように。あと、大声でつたえよ」

「いかに」

「徳川は『鬼武蔵』に勝った、羽柴筑前守秀吉相手に、一勝をあげた、と」

「御意っ！」

伝令の返答の声が裏返った。興奮したのだろう。ものすごい勢いでとんでいった。

「そんな目でみるな。嘘はついとらんぞ」

なんとなく後ろめたく、阿茶局におぼえず言い訳をした。

「とりあえず勝ったことには違いない。本当の戦いはこれからだが。わしがやった戦法と、まったく同じ手を秀吉殿はとる」

自分に勝ち目はあるだろうか。なくはない。

「織田信長殿は、どんなに大所帯になっても、武田信玄の生前には決して武田とは戦わなかった。戦国の世で、虎に食われて死んだ奴はいないが、虫に刺されると人は簡単に死ぬ」

合戦そのものよりも、移動中の虫さされによる戦病死とその損耗が、馬鹿にならない時代である。織田信長といえども、伝説の名将・武田信玄を相手に、刺される痛さを恐れた。

「なんとか、なる」

「いくさはいくさで、殺し合いには違いありませぬ」

阿茶局の、身も蓋もないこたえであった。会話がかみあわない。

弐章　長久手

一　盤踞《ばんきょ》

天正十二年三月十七日（一五八四年四月二七日）、小牧山麓、徳川家康本陣。

家康が物見櫓から降り、阿茶局と並んで床几に座ると、ほぼ同時に最前線の奥平信昌からの伝言がとんできた。

「主人、奥平九八郎信昌より、わが殿に御願いの儀あり申し候！」

――何をねだる気だ？――

家康は、覚えず身構えた。奥平信昌にはいろんなものを押し付けた。あの『鬼武蔵』を相手に圧勝した以上、奥平信昌がなにを求めてもおかしくはない。だが緒戦である。奥平信昌への褒賞がこれからの褒美の基準値になる。何を求められても、家康の財布は空っぽで、何も出せないのだ。

けれども。

「森武蔵放逐につき、褒賞は御無用に候。殿よりお褒めの言葉を口上たまわれば、無二の光

「栄に存じ申し候 由」

「なにゆえ」

感状（表彰状）どころか、口頭での褒美だけでいい、という。すこし欲が無さすぎる。何か下心があるのではないか。

「とりたる首級なし。森武蔵本人は健在。ただ森勢を鉄砲にて追い立てたのみに候わば、此度の一戦の武功の第一は、策を立てたる殿にございまする」

ようするに、くっそど卑怯な手を考えたのは家康なので、自分はそんな手で勝ったと思われたくない、ということである。

「承知した。その無欲、あっぱれである。ただちに九八郎（奥平信昌）を呼びよせよ」

「御意っ！」

伝令がとんでもどるのを見ながら、家康は内心、汗をぬぐった。

――これで経費が削れる――

今回の出陣にともなう経費は、宿泊費と食費が織田信雄持ちだといっても、家康の出費もかさむ。先刻の対・森武蔵戦で大量に消費した弾薬は、徳川の負担だ。

織田信雄の救援の名目なので、勝利しても得られる利得は何もない。与えるものがないので、感状用の用紙と墨と何人もの右筆《ゆうひつ》を同行し、大量の感状の発給の用意はしてきた。けれども、感状は大量に出すとありがたみが薄れるという問題もある。

武功第一の奥平信昌が感状を辞退したのだから、今後発給する感状の価値もあがるし、徳川の財政もかなり助かる。

そう、内心よろこんでいると、

「殿、肩で喜ぶのはおやめくださいませ」

阿茶局がたしなめた。

「緒戦で『鬼武蔵』に圧勝したのです。素直に喜ばないと、真意を見抜かれます」

金を出さずに勝てたという真意を、阿茶局には見抜かれた。

「だな」

と、家康は泰然自若の風でこたえたものの、背に冷や汗が浮かぶのがわかった。

合戦である。

負けてたら自分の命はないが、たとえ勝っても家臣にわたす土地も褒美も金もない。ない褒美でどうやって家臣に動いてもらうかが重要で、ここを間違うと、家康は家臣に殺される。

合戦は、ひとつ決着がついても家康の決着はこれから――というより、「褒美を絞って家臣を動かす」ための策など、重臣にさえ相談することはできない。

家康は、この意味で、独りで戦っているのだ。

翌日天正十二年三月十八日（一五八四年四月二八日）、尾張国田縣《たがた》神社。

徳川家康は小牧山城とその城下の住居の修理を徳川全軍に命じた。徳川軍一万五千が寝食をとれる場所を確保するためである。織田信長が本拠地にしていた跡は使えるとはいえ、修復は必要であった。雨のすくない時期とはいえ、こんな大軍を雨ざらしにするわけにはゆかない。羽柴が来る前に疲れてしまう。米を炊くための燃料や米穀の保管場所も必要であった。

また、足軽・雑人を遊ばせておくと士気が落ちるし、休みすぎて体調をこわす。全軍にまんべんなく仕事を分配し、士気の維持と将兵の健康管理に気をくばるのも、家康の仕事のうちである。

それらの指揮を重臣筆頭・酒井忠次と石川数正にまかせ、家康は本多忠勝と井伊直政、伊賀者棟梁代理名張某を同行して近隣の巡察をはじめることにした。羽柴秀吉の主力が戦地に到着するまえに土地勘を養っておくためである。

家康自身は、尾張国内の地理には疎い。幼少時に織田信秀（信長の父）に誘拐されて名古屋・万松寺《ばんしょうじ》にいたものの、事実上監禁されていたので居住地周辺しか知らない。信長の要請を受けて出陣したときも、尾張国は通過する以上のことはしていなかった。

で、尾張国・田縣神社である。

「大祭の時期に、難儀をかけてすまぬな」

家康は参拝をすませ、本殿前の床几に腰掛け、出された白湯をすすりながら、神官にわびた。

「滅相もございませぬ」

と、頭をさげられたものの、その向こう側には巨大な男根の木像があるのだから、妙なものである。

田縣神社は小牧山城と犬山城からほぼ等距離の街道上にある。例年、長さ七尺余（約二メートル）の檜でつくった男根を神前に奉納し、五穀豊穣と子孫繁栄を祈願する大祭が、この時期におこなわれる。

その奇祭も今回の合戦と隣接する場所ゆえ、とりやめとなった。

——これが、お祭り好きの信長殿なら——

どんなに合戦の最中だろうが、というか、合戦の最中こそ、なおのこと、喜んで奇祭をあおりたてて庶民の人気をもぎとっただろう。これが秀吉なら、面白がって男根にまたがってはしゃぎ、百姓たちからやんやの喝采を受けるだろう。

だが、家康には、とてもそれだけの人間的魅力はない。信長・秀吉がはなやかに咲き踊る唐獅子・牡丹なら、家康はひっそり夜鳴く秋の鈴虫、といったところか。

——と、ここまで黙考して、家康は気づいた。

「筑前殿（羽柴秀吉）は、ここに、来る。必ず来る」

羽柴秀吉は、この時点で実子がいなかった。

阿波国・三好氏に養子に出していた甥・秀次（当時は信吉《のぶよし》）を呼び戻し、羽柴姓を与え、後継者として育成をはじめたという。

ただしいまだに羽柴秀次の武功については、家康の耳には入ってこない。「羽柴秀次は、馬鹿ではないが、武将には向いていない」という評価は、把握している。

「血のつながった子息を作っとくと、同盟や和睦の約定を結ぶときに差し出す人質として、役立つのだが」

家康が漏らすと、ほんの一瞬、本多忠勝が眉をひそめるのがわかった。家康は肉親に育てられた経験がない。肉親に捨てられた経験と、肉親に裏切られた経験しかない。それゆえに肉親の情が理解できないのだ。血脈を手駒としてしか考えられない、徳川家康最大の欠点である。

それはさておき。

秀吉は、当年四十八歳。戦国時代では老境にさしかかっているとはいえ、まだ子をはらませられる。秀吉がしばしば神仏に子宝祈願をしているのは、よく知られている。

なにより、神仏がからむと人間は損得で動かなくなる。家康は三河一向一揆で懲りた。

「ここでは、合戦はできんな。砦も作れん。ここをいくさに巻き込んだら、筑前殿は、全力で徳川を潰しにくる」

羽柴秀吉に全力でかかられたら、徳川・織田連合はひとたまりもない。虎に嚙み殺されないように、だが虎が痛いと思う程度に、虎の尾を踏まなくてはならないのだ。

翌日天正十二年三月十九日（一五八四年四月二九日）、尾張国五郎丸。

徳川家康は、本多忠勝と二人で、昨日に引き続き、想定される戦地の巡察である。巡察、といっても総勢二千を連れての行軍、いわゆる大物見《おおものみ》（偵察大隊）の規模であった。

羽柴方の池田恒興・森長可が居座る犬山城まで一里弱（約三・六キロメートル）。ここからだと犬山城そのものが見える。あちらからも丸見えの地である。家康が陣を張る小牧山城までは二里強（約九・二キロメートル）と、こちらは馬に乗っても目視はできない。

羽柴方の池田・森が物見を鬱陶しいと襲ってくれば、小競り合いになる距離であった。援軍を呼ぶにはいささか遠い。

万一に備えて阿茶局は小牧城に置いてきた。小牧城の留守居は石川数正。酒井忠勝と井伊直政は、小競り合いになった場合の援軍として待機させてある。ここいらは、どうなるか、やってみないとわからない。

「尾張の夏は暑いそうな」

家康は馬に乗ったままたずねた。

初夏で、快晴である。家康は、「降参タヌキ」の甲冑ではなく、いつもの、黒塗りの、羊《し》歯《だ》の葉を前立にしただけの甲冑に着替えた。戦況次第では馬で駆けまわる可能性もある。動きやすさが最優先であった。

本多忠勝がこたえた。

「拙者も尾張と美濃にはあまり詳しくはありませぬ。土地勘ならば、石川様のほうがお持ちではなかろうかと」

徳川での羽柴秀吉との交渉担当は、石川数正がやっている。石川数正は幾度も秀吉との間を行き来しており、尾張・美濃・近江の三国の地理には詳しい。

「しかし、これだけ見晴らしが良ければ、土地勘もへったくれもないわな」

家康は、覚えず馬上で苦笑した。濃尾平野は起伏がほとんどなく、合戦をするには広すぎる。

「決着がつけ難いことだけは、間違いございませぬ」

本多忠勝は顔をしかめた。

桶狭間にはじまり、金ケ崎、姉川、三方ヶ原、長篠と、家康も本多忠勝も総計で万を超える規模の戦いを何度も経験してきたが、いずれも狭隘《きょうあい》で、さして広くない場に将兵を結集して戦った。狭い山あいや谷間であれば互いに逃げ場がないから、戦って決着をつけなければならないからである。

犬山から五郎丸、昨日の田縣神社への街道は濃尾平野の東の縁《ふち》ともいうべき場所で、ここから西は無限にほとんど起伏なく平坦な田畑が続く。こんなに広くては、どれだけ追撃しても四方八方に逃げられてしまって決着はつかない。まるで蜃気楼を相手に合戦するようなものだ――敵も味方も、だ。

「落落盤踞《らくらくばんきょ》し、地を得ると雖《いえど》も、か」

覚えず家康はつぶやいた。そういう漢詩がある。松だか柏だかが地に根付いていてもうんぬん、という。たしか杜甫《とほ》だったと思うが、ここいらはうろ覚え。

「此度《こたび》は長陣（長期戦）は避けられませぬな」

本多忠勝もまた、文には決して詳しくない。互いに武辺のことばかり詳しく、文学には疎い。

「だわな」

「殿、次の大いくさは、山あいか盆地でなされますように」

「わかっとるわい」

この時点で、まだ織田信雄は伊勢国長島城にいて合流していない。伊賀国は羽柴軍に飲み込まれ、織田信雄の伊勢国の本拠地・松ヶ島城が羽柴軍とせめぎあっていて、信雄はその対応に追われて身動きがとれない。

羽柴秀吉の主力が、まだ大坂城で足止めされているのは、わかっている。紀州の根来衆《ねごろ》と雑賀《さいか》水軍、畠山氏が徳川に呼応しているからである。

家康も秀吉も織田信雄も、互いに動けないまま、盤踞していた。

二　秀吉

翌日天正十二年三月二十日(一五八四年四月三〇日)。

誰も動けない状態にあった。

羽柴筑前守秀吉は大坂城から動かず。

織田中将信雄は伊勢長島城で待機して動けず。羽柴軍の伊勢攻めの対応に追われているからである。羽柴軍は織田信雄の伊勢国の本拠地・伊勢国松ヶ島城を包囲して揉み合っていた。

ちなみに家康の家臣・服部半蔵正成は徳川の援軍として伊勢国松ヶ島城に詰めている。

犬山城に詰めている羽柴軍の池田恒興・森武蔵は、羽柴軍の主力が伊勢国攻略に向かっていて支援が得られず、そのために犬山城から動けない。

徳川家康はというと、独力で攻め落とすには犬山城はいささか大きすぎるので動けず、何よりも総大将の織田信雄がいない状況で、無理攻めする意味がない。伊賀者の棟梁である服部半蔵が伊勢国松ヶ島城にいて動けないので、情報収集に手間取っているのも痛い。

織田信雄の領国・伊賀は羽柴秀長（秀吉の弟）によって攻め落とされた。伊勢国松ヶ島城が陥落するのは目前である。

その一方、紀州根来衆・雑賀水軍らが徳川に呼応した。軍船二百隻と二万の将兵が淡路から摂津国住吉に上陸し、羽柴秀吉の足元を襲った。

同日朝、小牧山麓、家康寝所。

徳川家康は寝所の上がり框《かまち》に腰をかけ、出された草履に爪先をかけると、

「殿」

家康の脇に、伊賀者副棟梁・名張某が寄って耳打ちしてきた。徳川伊賀者の棟梁・服部半蔵正成は伊勢国松ヶ島城から抜けられず、不在である。

「この者が、殿に言上いたしたいと」

「大坂住人、伊賀者・赤目《あかめ》四十八《しじゅうはち》と申し候」

草履取りの老人が平伏したとき、初めて家康はこの雑人が伊賀者だと気づいた。伊賀者を

多用している立場上、身辺の伊賀者の気配には敏感なのだが、見抜けなかった。

「かなり、いい腕をしておる」

家康は、褒めつつ左手で脇差の鯉口をゆるめた。この老人が暗殺者の可能性もある。不穏な動きをした瞬間に脇差を打ちつけて殺さないと、自分が殺される。

だが、老人は平伏したまま、

「羽柴様との内々の密使にしていただきたく」

「はあ?」

おぼえず聞きかえした。この赤目という伊賀者、羽柴秀吉付の雑人として草履取りなどをしてきたが、秀吉に徳川伊賀者の密偵であることが露見した、という。

☆

赤目四十八は当年五十五の下忍《げにん》という。

気配を消す名手ではあるが、体術の才は全くない。天正がはじまった頃から近江国長浜の市中に在住・潜伏し、市中の賑わいや流通などを探査して中忍《ちゅうにん》に報告するのを主たる任務としていた。

最初の妻は天正九年(一五八一)の織田信長の伊賀攻め・伊賀者大虐殺の際、逃げ遅れて殺された。長男は成人しており、現在は服部半蔵の下についている。

赤目は長浜に在住しているとき、秀吉の草履取りの雑人として雇われることに成功した。秀吉に気に入られた模様で、秀吉が本拠地を大坂に移したとき、同行して現在に至る。

赤目の仕事は、秀吉が「いつ、誰と会ったか」という人物所在の確認と、秀吉の素足をみて秀吉の健康状態を検分することである。それ以上のことはない。伊賀者の忍びといっても、現地潜伏の下忍の役務は、地味で退屈なものだ。

表向き、ただの草履取りの雑人である。人として勘定に入れられることはなく、他の武将は赤目を無視するのが通例である――だからこそ伊賀者の忍びとしての価値があるわけだが。

だが羽柴秀吉だけは、草履を差し出されると、かならず「赤目、いつもすまぬな」と名を呼んで軽く頭を下げた。

二年ほど前、秀吉が草履をはくとき、不意にかがみこんで赤目の顔をのぞきこんだことがあった。

「あのな」

このとき赤目は「正体が知られた」と内心身構えた。秀吉は織田信長の二度の伊賀攻めには加わっておらず、伊賀者たちとは恩も怨もないのだが。

しかし秀吉は懐中から銀の粒を出して赤目の掌に握らせた。

「子供が産まれたそうやな。これで、赤子になんか買ってやってくれんか」

「『買ってやって』でございますか」

「わしに他意はあらせん（ない）。かねは、渡すほうより貰うほうが不愉快になるのも、よう知っとる。子供が好きで仕方あらせんのやが、わしには子がおらんのでな。できることは、したりたい（やってやりたい）のや」

秀吉の言葉に、赤目は衝撃を受けた。誰もが無視する雑人の、そのまた家族のことなぞ、気にかける者などいない。赤目は、秀吉の情に、一瞬、我を忘れそうになった。

☆

そこまで聞いて家康は思わず口を挟んだ。

「そこは『なぜ秀吉が身辺雑務をする雑人の動静を把握しとるのか』と――赤目自身が羽柴殿に監視されている、と案じるところじゃないのか」

つい、思った通りのことを言ってしまう。だから自分には人が寄ってこないのだ。

「申しわけありませぬ」

赤目は地に額をこすりつけた。下忍は情報を集めるのが仕事であって、目の前の情報を解析することではないから、やむをえぬのだが。

☆

数日前の朝、大坂城本丸奥座敷でのこと。

いつものように赤目が奥座敷の玄関前で秀吉の草履を差し出すと、秀吉はいつものように素足で鼻緒に爪先をさしたまま、動きをとめた。

「顔を、あげてくれせんか（あげてくれないか）」

おそるおそる顔をあげると、羽柴秀吉は赤目の目を見、手をとり、みるみるうちに涙をあふれさせた。

「許せ」

「なにを、でございましょう」

「今日、小一郎《こいちろう》（羽柴秀長）を先陣大将にして、鈴鹿関から伊勢攻めをする」

「はあ」

「赤目の上の息子が、服部半蔵と一緒に徳川方の武士として、伊勢国松ヶ島城に詰めとると聞いた。名前は『赤目一太郎』で間違いあらせんな」

「……へえ」

「戦国の世のならいなんで、松ヶ島城を攻め落とさんならん。雑人やったら殺さずに逃がせるが、武将となったら討たんならんこともある。合戦の場におるのや」

秀吉の涙は頬をつたい、赤目の手の甲にもしたたり落ちた。

赤目はそのとき、全身の肌が粟立つのがわかった。どこの世界に、草履取りの雑人の、そのまた息子の身を案じ、落涙する武将がいるのだろう。

――息子の身を案じてるんじゃないのは、明白だろうが――

家康は、冷めた気分で、秀吉の「人たらし術」を聞いていた。秀吉は、自分の草履取りが徳川配下の伊賀者だということのみならず、赤目の先妻の息子の居場所や身分まで洗い出したうえで、そしらぬ顔で自分の足元に置き続けた。

それだけではない。

その伊賀者が家康に、「自分は羽柴に寝返ってもいいいか」と、わざわざ言いにくるほど、秀吉の情に落ちているのだ。

☆

☆

「せめてもの、わびのしるしを」

羽柴秀吉は、赤目四十八の手を、あらためて両手で包み込んで続けた。

「わしの、家康殿への密使になってくれんか。わしの一挙手一投足を、家康殿に伝えてくれんか。わしの動きが徳川に筒抜けになっても構わせん。わしが不利になっても、ええのや」

という次第で赤目四十八がここにいる。

——そもそも、密使と密偵の区別がついとらんぞ——

徳川家康は、つい内心、愚痴りたくなった。

もともと、羽柴秀吉全軍と織田・徳川連合軍との間には、兵力・資力ともに圧倒的な差がある。羽柴側の巨大さがこちらに流れれば流れるほど、徳川の士気が下がるのは明らかだ。

なにより、赤目の情報は、秀吉にいいようにあやつられている。秀吉が織田信長の草履取りをやっていた清洲城と、いまの大坂城とでは、規模も広さも違う。下足置き場だけでも何箇所もある。秀吉が赤目に動静を知られたくなければ、赤目のいない場所で草履を脱げばいいだけなのだ。

——どうする？——

赤目を遠ざけるか？　それをやると、秀吉の内部情報は、まったく入ってこなくなる。

羽柴秀吉の家中は慢性的な人手不足状態にある。羽柴は人材を吸収するばかりで辞める人間がいないので、内部情報を知る人材の流出がない。羽柴の領内に置いている「草（現地に住まわせて日常的な情報収集をする者）」からの情報だけでは限界がある。

赤目を密使にする不利はあるか？　そもそも赤目の身元さえも秀吉に駄々漏れだったではないか。もともと秀吉が忍びを扱ったという話は、あまり聞かない。秀吉には、圧倒的な庶民人気がある。羽柴の領内でなにか異変があれば、領民たちはただちに秀吉に報せを走らせる——いわば、羽柴の領民すべてが、秀吉の間者なのだ。

それに、秀吉には、家康にはない「人間的魅力」があふれている。秀吉に一度でも会ったことがある者は、敵味方に関係なく秀吉の魅力の虜《とりこ》になった。徳川は、金ケ崎・姉川・長篠の、三度の合戦で秀吉と組み、秀吉と面識のある者は多い。本人にその自覚はなくとも、徳川の内情を秀吉に伝えていれば、それは秀吉の間者と同じことだ。

つまり、赤目がいようがいまいが、家康の身辺の情報は、秀吉に筒抜けである。

どうせ筒抜けなら、秀吉の身辺情報が入るほうが、ましではないか。

「よかろう」

家康は、決心した。

「で、『羽柴殿の密使』と申すからには、羽柴殿からの言付けをもって来とるのか?」

「『徳川様はあっぱれな御仁や』とお褒めに」

——何様のつもりだ——

褒める、とは目上の者から下すものではないか。

「『さきの足利将軍義昭公は、書状ひとつで武田信玄・本願寺顕如《けんにょ》・朝倉義景・浅井長政らを動かし、織田右府《うふ》信長公を包囲し苦しめ申し候。徳川三河守殿は、器量においてこれを凌駕もうし候』と。さらに『こたび、淡路三好・紀州雑賀根来・四国長宗我部・北陸佐々《さっさ》・越前上杉・九州島津まで動かさんとなされたるは、まさに圧巻』と」

――秀吉に、そんなところまで漏れとるのか――

秀吉を嫌っている北陸の佐々成政《なりまさ》は動く。淡路の三好と紀州根来と雑賀水軍はすでに二万が動いて秀吉を足止めした。ただし、四国長宗我部は同意をとりつけただけで動くかどうかわからない。九州島津にいたっては、書状を出したにすぎないのだ。

「『もはや、国衆や土豪や地侍が、ちまちま戦う時代ではない。こたびの小牧のいくさこそ、天下分け目の大いくさ。いざ、勝負つかまつる』との由にございまする」

秀吉の大仰な物言いに、家康はおお俺はなんと凄い奴なんだと一瞬自分を褒めかけたが、すぐに我に返った。

いかにも相手は西国の過半を手にする巨大大名ではある。こちらは織田・徳川をあわせれば八箇国に及ぶ大連合で、日本を二分する大合戦になろうとしてはいる。

だがその実態はといえば、あの『鬼武蔵』を叩きのめしたとはいえ、冷静に考えれば三千対一千の小競り合いにすぎないのだ。

「で、殿から羽柴様への、お言伝《ことづて》は！」

――何を言えと――

織田信長のような威厳はなく、羽柴秀吉のような魅力があるわけでもない。見た目の華麗さでは、織田信雄にさえ劣るのだ。

――しかたない――

「おおきなことより、まず一勝」

ぱっとしない一言である。もうすこし「らしい」ことが言えたら、楽な人生が送れたかもしれないのだが。

三　十万

羽柴秀吉包囲網が、動きはじめた。徳川に呼応した紀州雑賀水軍と根来衆、そして淡路三好氏が、羽柴側の摂津国住吉城を侵攻し、一定の戦果をあげたのだ。羽柴秀吉軍の主力は、かれらの撃退と対応に追われて大坂を出られなかった。

とはいえ、池田恒興の犬山城入り・森武蔵の敗北をきき、羽柴秀吉は動くのをきめた。

天正十二年三月二十一日（一五八四年五月一日）、羽柴秀吉はとりあえず動員できる三万を率いて大坂城を出立した。

——ただし翌日三月二十二日、雑賀水軍がふたたび上陸・進軍して、岸和田城を攻め、羽柴軍の主力はまたも足止め。

三月二十四日、羽柴秀吉とその直属隊である主力は美濃国岐阜城に着き、紀州雑賀などに対応した者たちが到着するのを待った。

三月二十六日、羽柴秀吉全軍が岐阜に合流・結集し、出立した。木曽川河畔・鵜沼《うぬま》に着陣し、木曽川に船橋（多数の船を横に連ねて連結し、上に板を渡して橋にしたもの）を架橋した。

翌日三月二十七日、羽柴秀吉全軍が木曽川を渡河し、尾張国犬山城に結集した。

羽柴筑前守秀吉が、小牧山の徳川軍一万五千に対決させるために集めた羽柴軍の総数は

——


「八万から十万、だとぉ?」

思わず徳川家康の声が裏返った。

小牧山、徳川本陣、重臣限定の軍議の場である。重臣の一人、服部半蔵は伊勢国松ヶ島城を放棄して帰還し、今回の軍議に加わっている。

あまりにも大軍すぎて、なにかの間違いじゃねえかと言いたいところだったが、遠い昔の元亀元年(一五七〇)、織田信長が越前朝倉義景攻めに十万の大軍を工面したことがある。いまの秀吉なら余裕で運用できる数だろう。

石川数正が、眉をひそめながら算盤をはじいて答えた。

「いささか誤差がありまするが、小物見《こものみ》(偵察小隊)や『草(住民等に化けて潜伏する伊賀者・甲賀者などの諜報員)』などの報告をとりまとめると、ほぼ間違いなかろうかと」

小牧山の山頂に設《しつら》えた物見櫓からでも、秀吉の大軍はよく見えた。織田信長が十万の大軍を編成したとき、家康も加わっていたから、「十万の大軍」がどのぐらいのものなのか、だいたい目分量でもわかる。とはいえ、だ。

「わしらは、羽柴軍の誤差か」

「圧倒的に兵数に不足し申しても、やれと言われれば戦いかたは、あり申す」

と、これは本多忠勝。

まあ、実際に元亀元年の織田信長の十万動員のとき、織田信長は浅井長政に裏切られて挟撃をされそうになり、織田信長は這々《ほうほう》の体で逃げ出した。その直後の姉川の戦いでも、浅井長政は織田信長本陣だけを狙って突っ込んできて、あわや織田全軍が崩壊、というところまで追い込まれた。どちらも徳川は参陣している。

「寡兵をもって大軍に勝つことはできますが、できることは多くはありませぬ」

「だわな」

合戦の名手・本多忠勝が言うのだから間違いない。羽柴軍十万がせえのと一斉にかかってきたら徳川はひとたまりもないのだ。

「羽柴軍がこの時点でまだ動かない理由は二つに候」

徳川屈指の猛将・本多平八郎忠勝は、豪快な印象があるが、それは演技にすぎない。常に緻密に計算し、そして合戦では絶対に計算どおりにいかないことを知っている。そして場の空気と運気に振り回されることを誰よりもよく知っている男でもある。

「まず第一に、主戦場となる濃尾平野の、あまりの広さ。いかに羽柴軍十万が巨大でも、蜘蛛の子を散らすように徳川が四散して逃げまくれば、我らを追いきることは不可能に候」

ちょっと考えると徳川が有利にみえるが、これは家康が攻め手にまわっても同じ事情である。この地を合戦地に選んだ時点で、どちらにとっても攻め手が不利になってしまうのだ。

「そして第二。野戦は何が起こるかわからない。この兵力差をもってしても、野戦になれば大軍が寡兵に敗北することがあるのを、羽柴様もよく知っておられる」

大将首をとれば、どんなに兵力差があろうと、とられた側の敗北になる。そして本多忠勝の指摘したとおり、攻城戦ならいざしらず、山野や平地での遭遇戦では何が起こるかわからない。かつて桶狭間の合戦では、織田信長は、わずか二千の兵で二万の大軍をひきいる今川義元の、本陣だけを集中攻撃して今川義元の首をとって勝利した。

「ただ、羽柴の本陣まで、いささか遠うございまする。羽柴がいかに烏合《うごう》の衆でも十万は多い。たとえ薄紙でも、束ねられれば、穴をうがつのは難しい」

羽柴秀吉の居場所そのものは、赤目四十八によって家康に伝えられている。秀吉の本陣は、奥の奥のそのまた奥にあった。

本多忠勝に「難しい」と言われると、徳川家中では他に正面攻撃をできる者はいない。

——正面攻撃ができないのであれば——

家康は服部正成の側をみた。

「半蔵（服部正成）、伊賀者は、使えるか」

「とは？」

「羽柴筑前殿の居場所はわかっとる。羽柴に常雇いの忍びはおらんから、妨げる者はない。羽柴筑前殿を、密殺（暗殺）できるか」

と言った瞬間、重臣たちは一斉に「森武蔵を相手に忍びを放って痛い目に遭ったのに、まだお前は懲りないのか」と責める視線を家康に刺しまくった。

――お前らはそういう目で責めるが、俺の立場になってみろ――

やれる手があるなら、どんな手でも使わなければ、やってゆけない。家康が秀吉よりも秀でているのは軍事の才だけで、それ以外は、どれをとっても秀吉に大きく劣るのだ。

「技と術でみれば可能ではあります。生還をあきらめれば、確実に羽柴様を仕留められはします」

「ならば――」

「ただし、羽柴様の密殺を、引き受ける伊賀者はおりませぬ。伊賀者は、『自分がやりたくない仕事』は絶対に受けませぬ」

服部半蔵は言い切った。そこが伊賀者をはじめとした忍びの者と、戦国武将との、決定的に異なる気質である。

伊賀者は一人ひとりが特殊技能の持ち主で、主君がいなくても、定住すべき土地がなくても、食っていける。いわば全員が「自分が自分の主君」である。本人の心情を無視した命令を出すとたちまち伊賀者は持ち場を離れてしまう。

忍びを常雇いで使いこなす戦国武将が少ないのは、かれらの扱いが武士とは根本的に異なるからである。

「『徳川のためには死ねぬ』か」

「いいえ。伊賀者は徳川に多大な御恩がありますゆえ、殿に『死ね』と命じられれば、喜んで死地にむかいまする」

伊賀国は、天正七年（一五七九）・天正九年（一五八一）の二度、織田に攻め込まれた。例によって信長は伊賀の地を焼き尽くし、虐殺しまくった。このときの争乱で伊賀国の土豪や農民たちは伊賀の地を抜け出し、多くが服部正成の伝手《つて》を頼って家康の支配下にはいった。織田信長は激怒し、「脱走した伊賀者を引き渡せ」と家康に詰め寄ったが、家康はシラを切り通して伊賀者を匿《かくま》いきった。

あの織田信長を相手に嘘をつくのは、はっきり言って死ぬより怖かったが、伊賀者はそこらへんの恩義は感じている。――ただし、それでもやりたくないことは、しない。

「『羽柴筑前殿に手をかけたくない』というほど、伊賀者は秀吉殿と縁があったか？」

「羽柴と伊賀とは、恩も怨もございませぬ」

「ならば断る理由はなさそうなものだが」

「織田を利するために、命を捨てる伊賀者がおらぬ、ということに候」

織田信長の二度の伊賀攻めの、名目上の総大将は、織田信雄その人である。

伊賀者が「織田のためになることだったら絶対にしない」というのは、人の情にかなってはいる。これが武将なら「それはそれで戦え」といって死地にむかわせ、実際死地に向かうのだが、伊賀者はそうはゆかない。

「だわな」

四　信雄

天正十二年三月二十九日（一五八四年五月九日）小牧山北。

徳川軍一万（残りの五千は小牧山周辺に設営した砦に配置したままだ）、織田信雄軍三千が整列した。織田信雄の着到《ちゃくとう》を披露するための隊列である。信雄は「威儀を正して軍の前に立つ」とのことで、事前の打ち合わせをせずにいきなり軍の前に姿を現すとのこと。

軍の正面中央に徳川家康と阿茶局が騎乗して待つ。

なぜここに阿茶局を出したかというと、早い話が、平家を京から追い出した木曽義仲・巴御前になぞらえて、ってな事情からである。阿茶局は馬に乗れる上に足腰が強くて甲冑をつけられる。獅嚙《ししかみ》大鍬形《おおくわがた》緋色《ひいろ》縅《おどし》大鎧《おおよろい》という、源平武者のような大時代な女物の具足があるので着せてみたら「遠目に映える」ので並んだわけである。

ちなみに家康はというと「命乞いをするタヌキ」ではあまりにも遠目によろしくないので、使い慣れた黒塗りのものにした。実用一点張りの味気ないものだが、隣に華麗な女武者がいるのだから、このぐらいでちょうどいい。

「それにしても……」

おぼえず家康は愚痴った。

総大将として徳川・織田の両軍を整列させて俯瞰してみると、両者の違いに、家康は愕然となった。

徳川は「質素」といえば聞こえがいいが、要するに見た目が貧しくて荒いのだ。衣服は土と埃が染み込んで色が落ち、のべつまくなしに合戦をしているせいで、足軽にいたるまで具足のそこここが剝げ、凹み、擦《す》れ、傷んでいる。

これに比して織田の豊かさは一目瞭然であった。そもそも血色が違う。「麦じゃなくて米を平素から食っていると、こんなに体にいいのか」と――いやまあ、米を食う余裕があるから食生活が充実しているんだろうが、それにしたって整列するだけで違う。なによりも足軽の腹巻《はらまき》（軽装の防具）にさえも傷ひとつない。

「織田の連中、ぜったいに合戦をまともにやってないよな」

「殿、それはとても、よろしいことです」

阿茶局は毅然として馬上で正面を向いたまま、

「『戦わずして敵を屈するは善の善』と申すではありませぬか」

『孫子』の謀攻篇に、そんな言葉がある。

「女の目からみれば、まさに信雄卿こそ名将にございます」

「たしかに、中将信雄卿は、ろくに合戦をせずに伊賀・伊勢・尾張の三国を手に入れたが」

織田信雄ほど、成人してからたいして戦わず生き残り続けた大将は他に例はない（少年期はけっこうな人物だったが）。武功らしい武功は天正九年（一五八一）の二度目の伊賀攻めぐらい。それさえも信雄は名目だけの大将で、事実上、織田信長が総指揮をとっての勝利である。

本能寺の変の後の弔い合戦さえ、京とはほとんど隣国でありながら信雄は兵を出さず、合戦らしい合戦をしないまま、織田の当主でございと居座っている。

「あれを名将と言っていいものか」

「言っていいのです」

そのとき。

銃声が響いた。

空砲なのは、音でわかる。織田軍が一斉に、えいえいおうと鬨《とき》の声をあげた。

織田信雄が、着到《ちゃくとう》したのだ。

「卑賤なる匪賊《ひぞく》たる、羽柴筑前守を、義をもって討つべし！」

銅鑼《どら》の音と空砲の銃声とともに、織田中将信雄が声をあげながら姿をあらわすと、織田軍はもとより、徳川軍からも感嘆のどよめきがおこった。その立ち姿の華麗さに、圧倒されたのだ。織田信雄は美しい。

ただし。

殺気がある。信雄本人からではない。

――なんだ？――

商売柄、家康は暗殺の気配に敏感である。左手で脇差の鯉口をゆるめて身構えた。

殺気が自分に向けられたものではないのは、すぐにわかった。

——伊賀者の、私怨か——

殺気を放っていたのは、織田信雄の馬の轡《くつわ》をとっている雑人だった。もちろん伊賀者が変身しているのだ。そしてその雑人と、家康の目が合った。

家康がその雑人の顔を知らなくても、あちらは家康を知っている。徳川家康は大人物でも大物でもないが、これでも徳川伊賀者の棟梁である。

『やめろ』

家康は唇の動きだけで、その伊賀者に命じた。

『織田信雄を、殺すな傷つけるな』

『されど』

と、その伊賀者は唇だけで家康に訴えた。二度の伊賀攻めで妻子か誰か身内を、虐殺されたとか、そんなところだろう。

『わしがいずれ信雄をむごたらしく殺してやるゆえ、辛抱せえ』

唇で命じた次の瞬間、

「殿」

阿茶局に声をかけられ、家康は我に返った。

徳川家康は、右の拳を固めて高く掲げた。

「賊徒羽柴を討ち果たし、織田中将卿を奉じて上洛いたすべし！」

えいえいおうという鬨《とき》の声に送られながら、家康は、総大将・織田中将信雄を小牧山麓の徳川本陣へとうながした。

「こちらへ」

「承知した」

織田信雄は馬の手綱をとってみずから馬をすすめた。家康は信雄の雑人――伊賀者に『下がれ』と目で命じた。

――それにしても――

信雄に動じる様子がない、というか、暗殺されかけていたのを気づいていない様子が、家康は気になった。総大将が、見掛け倒しの阿呆では困る。

「中将卿がご無事の模様で、何よりに候」

「伊賀と伊勢は猿――羽柴秀吉のことだ――に一時あずけることになったが、まあ、あとで取り返せばいい」

「そちらではなく」

「伊勢長島城からは退却したが、気にやむことはない。どんなに劣勢だろうとも、たいていはなんとかなる。俺には運がある」

信雄の物言いは強引だが、根拠はある。織田信雄は、面白いほど敗北するが、気がつけば重鎮になっている。

織田信雄が最初の伊賀攻めに失敗し、織田信長に「親子の縁を切る」とまで激怒されたのは誰もが知っている。織田信長をあれほど怒らせても生き残っているのは、後にも先にも織田信雄だけなのだ。

清洲会議で織田の家督相続者を決めるとき、信長の嫡孫・三法師が織田の後継者と決まり、信雄は失脚同然の扱いのはずだった。それがいつの間にか信長の嫡孫の存在は忘れられ、政敵・異母弟・織田信孝は自害し、それ以外の無数にいたはずの信長の息子たちも忘れ去られ、織田信雄が後継者の地位にちゃっかりと座っている。

だが問題はそこではない。

「いえ、そちらでもなく」

「馬の口取りが俺の命を狙っている様子だが、案ずるな」

やはり、気づいていたか。

「俺の命を狙う者はかならずしくじる」

自信に満ちた口調であった。けれども、織田信雄が体術のたぐいを身につけている様子もうかがえないし噂にも聞かない。おぼえず家康はたずねた。

「その根拠は」

「俺は、運だけはある」

虚言ではない。


同日午後。

徳川家康は、阿茶局、織田信雄とともに前線を視察していた。

家康は、小牧山の本陣を構えたとき、ただちに小牧山の周囲に幾個もの砦を構築した。

小牧山城の本陣防備のために、蟹清水《かにしみず》・北外山《きたとやま》・宇田津《うたつ》に砦を構築。これらは羽柴方の最前線・犬山城の監視と対応のためのものである。

そのほかに小牧山の南東およそ四里（一六キロメートル弱）の小幡《おばた》城を岡崎との連絡用に修復して城番を置いた。これに加え、小牧山の南、二里余（約九・五キロメートル）の比良《ひら》城を修復して、清洲城との連絡網を確保した。

土木作事ばかりやりまくって俺はいったいここに何をしにきて何をしたいんだろう、と、家康は思わなくもない。ただし、一万五千という大軍は小牧山の旧城下に入りきらない。そのための駐留施設の意味もある。何より、圧倒的な羽柴の大軍を前にして、徳川の士気を維持するためには、何かをさせねばならなかった。

羽柴秀吉はというと、何を思ったのか——というか、家康がせっせと砦を構築するのをみて、「作事名人の秀吉」の血が騒いだのだろう——犬山城に入るやいなや、ものすごい勢いで、これもまた城砦の造作をはじめた。先日、森武蔵を撃退させた八幡林を中心に幾重にも砦を築いていた。かつて長篠の合戦において、数日の間に長大な馬防柵を築いた、あれの巨大版である。羽柴秀吉が本拠地とする犬山城を本丸にした巨大なにわかづくりの城、にもみえる。ちっとやそっとで羽柴秀吉本陣にたどりつけなくなっていることは確かだった。

そんな具合で、徳川家康は阿茶局と織田信雄とともに、将兵五百を引き連れた大物見（偵察大隊）を編成した。

羽柴軍の砦の前を巡視し、挑発することが目的の第一。羽柴軍が挑発に乗って砦を出てきたら叩く。砦で守る兵を攻めるのはたいへんだが、野戦で単発的な戦闘なら、徳川は羽柴に負けることはない。羽柴方の「鬼武蔵」こと森長可は伝説の猛将だったが、それでも徳川家康の采配の前では非力だった。戦法はこの際どうでもいい。勝ったことには違いない。

そして第二は――

「いったい、この巡視になんの意味があるのでございましょうや」

宇田津砦の視察を終え、羽柴側の砦を横に睨みつつ帰路にむかう途上、織田信雄が馬を寄せてきて、家康にたずねた。まあ、合戦とは違い、退屈な割に疲れる作業ではあるので、気持ちはわからぬでもない。

「中将卿、背筋を伸ばしてくださいますように。織田中将卿は、ことのほか映えまする。下卒（足軽などの下級兵）たちの士気を維持するには、見栄がよくて威光のある大将が、下卒たちにその威勢をしめすことが肝要でござる」

嘘である。

それ以上に家康が疑問におもったことがある。

「織田中将卿は、こうした巡視をなさらぬのでございますか」

「しない」

織田信雄が即答したことに、家康は内心驚いた。

なんのために家康は合戦の合間に前線を視察するか。「士気を維持」とは嘘である。兵糧や弾薬が、全軍に行き渡る前に中抜き――横領されていないか、点検するためである。大軍を運用するうえで、監査は必須なのだ。

徳川は、織田や羽柴のような潤沢な資金はない。たいして多くもない領地（領有している国の数と広さだけはあるが）からの税を、だましだまし分配し、そしてうんざりするほど膨大な軍事費が、何も産まずに戦場にきえてゆく。家康自身が贅沢したいのだから、信義や名誉が目的ではない者たちが、合戦にくわわる理由は銭金しかない。

合戦は準備が九割九分だ。何日もかけて蓄えた資材と労力が、実際の戦闘の一日か二日で――というか、それだけ短期でかたづけなければ財布がもたない。

入念な合戦準備をすればするほど、兵站・軍糧の横流しの危険がついてまわる。弓矢・槍はまだいい。問題は、鉄砲の鉛玉や煙硝（火薬）には名前が書かれていない。また、軍糧でつかう米や干鰯《ほしか》にも名前が書かれていない。

――家臣を信用していないのか？――

生前の織田信長なら、そう、嗤《わら》ったろう。織田信長は、人間を「信用できる奴と信用できない奴」の二種類だけに分類した。織田信長が生前、かぞえきれないほどの謀反に遭いつづけ、明智光秀に倒された理由がそれだ。

徳川家康は、生前の織田信長から学んだ。人間は、もっと複雑にできている。信用できるところと信用できないところを併せ持っている。嘘だらけの人間のなかに誠意はあるし、誠実さのなかにごまかしを混ぜるのも人間だ。どれだけ謹厳な家臣にも魔はおとずれる。魔がさす余地をつくらず、誠実な人間を誠実なままに働かせるのも、主君の仕事なのだ。

すくなくとも。

足軽・軽卒の血色は良好で、食事と休養は万全にとれている。家康は、まだ、家臣に裏切られていない。

五　秀吉の山

同日天正十二年三月二十九日（一五八四年五月九日）午後。比良城本丸表座敷。

徳川家康はいま、比良城にいる。徳川方の五箇所の砦の巡察の最後であった。一時廃城になっていたのを修復しているので、にわかづくりの砦よりは居心地はいい。本丸といっても、村の鎮守の本殿に毛が生えた程度の、板敷きの簡素なものだが。

当番武者の案内を受け、徳川家康は織田信雄、阿茶局、大物見大将・本多忠勝たちと上座に座し、城兵の拝謁をうけた。これはもう、型通りの、面白くもおかしくもない儀式だが、主君の最も重要な仕事ではある。

何度やっても、家康は「俺に声をかけられて、家臣たちはありがたいと思うのか？」と疑問がよぎって、慣れない。名前も知らない若武者たちが、ものすげえ緊張の面持ちで家康の前で平伏するたび、家康は「こんな総大将でごめんなさい」と内心で恐縮する一方、「でも徳川が不利になったら、こいつらが真っ先に俺の首をとりにくるんだよな」という皮肉な気分にもなる。

隣の織田信雄はというと、眉ひとつ動かさず、淡々と――しかし悠然と、伊賀と伊勢の二箇国を捨ててさくっと逃げ出した敗将だというのに、大人《たいじん》の風で「大儀である」と、高いが腹に響く美声で褒める。生まれながらの大将とはこういうものかと思いかけたのだが、よく考えたら家康自身も「生まれながらの大将」なので、要するに資質の問題である。見た目では織田信雄には勝てない。

最後に、領民の代表というか名主として、比良某という老人が、直垂姿の正装であらわれて平伏した。

「もしよろしければ、この近くの蛇池をご覧になさいませぬか」

「とは？」

家康がたずねかえすと、古老は続けた。

「織田信長公がお若いころ、この蛇池に守り神の大蛇が棲むとお聞きになりましてな。たいそう気をお惹かれになされ、村を総出で池の水を汲み出させなされたことがございました」

そういう話は、家康も聞いたことがある。尾張統一ができるかできないかの時期だった。

ちなみに、池には大蛇は棲んでいなかったという。

信長ゆかりの場ではあるので、織田信雄に振ってみた。

「いかがなされる？」

「佐々《さっさ》成政が、御父信長の命を狙った、あれか」

と織田信雄がこたえた瞬間、古老が凍りついた。

そういう、ことがあった。

この当時、比良城をおさめていた佐々成政が、織田信長の来訪を聞いて暗殺を計画した。信長が不意に清洲に帰還したために暗殺は未遂におわった。ところが佐々成政は暗殺計画が露見したのちもなぜか罪を問われなかった。そののち佐々成政は武功をみとめられ織田信長の馬廻衆となり信長屈指の重臣となった。織田信長の人事の査定基準は、常人には理解できない。佐々成政本人はその後、北陸・越中一国の国主となって今日にいたる。

佐々成政の織田信長暗殺未遂事件は、だれもが知っている話ではあっても、いちいち掘り返す話題でもない。なんといっても、現在の佐々成政本人は武闘派の例に漏れず羽柴秀吉とはきわめてソリが合わず、徳川家康と連携して北陸経由で秀吉に圧力をかける形になっている同盟者なのだ。

織田信雄が場の空気をまったく読まないところは、父親に実によく似ている。本来は尾張の国主たる織田信雄が命じるところなのだが、家康は命じた。

「比良の村長《むらおさ》、大儀であった、さがられよ」

「さて、と、信雄卿」

家臣団を下げ、阿茶局と織田信雄と三人だけになったところで、家康は織田信雄に声をかけた。

「砦を巡察なされて、気づかれたこと、などなど、ございましょうや」

「なぜ猿（羽柴秀吉）は攻めて来ないのか」

この戦況にあって、まだ秀吉を「猿」と言ってのけるのは、政事的感覚が鈍いのか、どうかしているのか、虚勢なのか、本当に肚が太いのか――たぶんそのぜんぶであろう。

「猿が攻城戦の名手なのは誰もが知っている。祠《ほこら》に毛の生えた程度の、われらの砦なぞ、猿が本気を出せば一揉みで潰せるはずなのに」

信雄としては多弁であった。――まあ、伊賀国をとられ、伊勢国峯城、伊勢国亀山城、伊勢国松ヶ島城と次々と抜かれたら、落ち着かなすぎて多弁になるだろうが。

「なぜ攻めもせず、ただひたすら砦をつくりまくっているのだ？」

このとき、羽柴側は、秀吉の指示により、二重堀・小松寺山・田中などに砦を構築しまくっていた。その数、十箇所に及ぶ。規模も巨大で、田中砦だけでも堀秀政・細川（当時は長岡）忠興ら一万五千、小松寺山砦には羽柴秀次（秀吉の甥・当時は三好信吉）ら九千超。

この二つの砦の人員だけでも、繰り出して小牧山の徳川に力攻めで襲ってくれれば、じゅうぶん勝負はつく。

だが、激戦の風はない。

伊賀者たちの内偵によれば羽柴の陣中には決戦前の緊張感はなく、酒宴がひらかれ、砦群の背後には女郎小屋まで作られて賑わっているという。

小物見（偵察小隊）による外観報告でも、羽柴側には夜襲にそなえる様子はまったくない

――もっとも、羽柴と徳川とでここまで数の差があっては、夜襲をかけても返り討ちに遭って徳川が全滅しかねないから、絶対に夜襲はかけられない。

「こんな大規模な野戦は、誰も経験しておらぬゆえ、何がおこるか、わかりませぬからな」

空前の大軍どうしの対峙とは、とても思えないのは、よくわかる。徳川は長篠の合戦以来の大量動員で、しかも国外への出征である。羽柴秀吉もまた、備中大返しで明智光秀と対決したときよりも、はるかに大規模な軍編成なのだ。備中大返しでの羽柴軍は四万（ただしこのときの名目上の総大将は織田信孝だった）。賤ヶ岳の戦いで柴田勝家と戦ったときの羽柴軍は七万（このとき秀吉は「総大将」というより、織田政権の内輪もめの整理係にすぎなかった）。

経験のない大軍を率いるとき、もっとも怖いのは「何が起こるかわからない」ことだ。

かつて長篠の合戦で織田信長は「一兵たりとも損ずるな」と命じて接近戦を嫌った。織田信長の鉄砲戦術ばかりを言われがちだが、武田勝頼が敗北したのは、途中で勝頼が戦線を離脱したために武田が総崩れとなり、撤収に失敗したためだ。長篠の合戦は、武田勝頼の判断間違いによって敗北したのであって、鉄砲の勝利ではない。

「つまるところ、猿は何をしたいのだ！」

織田信雄が、珍しく声を荒げた。何を失ったかではなく、何がおころうとしているのかがわからないのが、不安を呼ぶのだ。

「それは――」

と家康は言いかけて、一瞬ためらった。

織田信雄は、この期《ご》におよんで秀吉を「猿」と呼んで蔑《さげす》んでいる。そんな信雄に、立場が逆転している現状を受け入れられるかどうか、不安が残るのだ。

秀吉が、こう言ったことは、わかっている。

「いくさ場に『山』をつくるんだがや」

と。

☆

「いくさ場に『山』をつくるんだがや」

これは徳川伊賀者・赤目四十八からの報告。

犬山城の本丸の櫓の欄干を握りしめながら、羽柴秀吉は、徳川の伊賀者・赤目四十八につぶやいた。もちろん、視線は彼方の小牧山に向けたまま、ひとりごとの体裁で言った。他の羽柴の重臣たちも同席していて、赤目の身元が漏れれば赤目の命はないからだ。

「犬山城からみても、濃尾の平野は、まったいらだがや！」

羽柴秀吉は、初夏の霞がかかった濃尾平野の、北から西をなめて南にいたるまで、指した指をずずいっとすべらせて絶叫したそうな。

「これでは徳川様を力押ししても、暖簾《のうれん》を叩いとるようなもんだがや！」

秀吉は家康を「徳川『様』」と呼んだという。重要なので家康は赤目に確かめたが、「徳川『殿』」ではなかった。秀吉は、羽柴と徳川の序列の上下がなくなって同格になっているのを忘れてしまうほど、焦っているのだ。

森武蔵が、縮こまりつつ言上したそうな。

「羽柴様の得手《えて》の城攻めは、いかがでございましょうか」

「小牧山の、あんな蟻塚みたいなもんのどこが『城』や！」

――まあ、秀吉にとっては、小牧山城は平地同然だろう。

「小牧山から徳川様を叩き出すのは簡単やが、このくそだだっ広い濃尾平野の、どこで徳川様の退路を断てというのや！」

ここいらは、家康と同じ観方ではある。

「それやで――」

と秀吉は続けた。

「山がなければ山をつくる。谷がなければ谷をつくる。人間、努力すれば、どんなことでもできるのや！」

名もない雑人から全国一、二を争う大大名にまでなった男に「できないのは努力が足らん」と言われて反論できる者はいまい。その意味では羽柴秀吉の家臣は不幸ではある。できないものはできないではないか。

ただし。

「砦を、つくるのや。砦をつくってつくって作りまくり、砦で人の山と人の谷をつくって、徳川様をとりかこむのや！」

羽柴秀吉の、発想は無茶でも、行動は現実的である。

「切磋琢磨というけれど」

秀吉はしゃがみ、足元でうずくまる赤目を覗きこんで言った。

「大大名どうしの戦いは、豆腐と豆腐をこすりあわせるようなもんや。大きい豆腐と小さい豆腐とを」

☆

「つまるところ、猿は何をしたいのだ！」

織田信雄は、珍しく声を荒げた。

「それは——」

と答えかけて、家康は、一瞬ためらった。秀吉のたとえが、ものすげえ気になったからである。

——「豆腐と豆腐」とは、うまいことをいう——

そう感心したことが第一。緒戦で徳川は伝説の猛将『鬼武蔵』を叩きのめした。勝ち方はこの際どうでもいい。勝ったことには違いない。羽柴が痛い思いをしたことには違いない。

ただし、秀吉が何度も何度も負けても負けても負けても、兵を繰り出し続けたら徳川には勝ち目がない。同じようにぶつけて崩しあっても、徳川と羽柴では分母が違うから痛みが違う。

——結局のところ、軍の強さを決めるのは「どこまで敗けられるか」だ——

許容損失——すなわち「どこまで戦死者を受け入れられるか」で決まる。戦国の合戦に思想や信条は関係ない。利益を得るため・利益を守るために戦う。すなわち「自分が死なずに生き残って勝つ」のが、戦国の合戦の鉄則である。

徳川の三河武士が強かった最大の理由は、武田信玄の略奪好きにあった。武田信玄が信濃国を併合するときに諏訪氏を根こそぎ略奪したのは誰もが知っている。武田信玄が今川氏を滅亡させたとき、今川居館を略奪しようとしたことを家臣に戒められた話も知られている。徳川が武田信玄に押し入られたら、米穀食料はもちろん、妻や子供まで略奪されて売り飛ばされる。その恐怖があったからこそ、三河武士は武田信玄を相手に必死で戦ったのだ。

かつて一向一揆は戦国史上最強を誇った。家康自身、三河一向一揆のしぶとさにはほとほと泣かされた。なぜ一向一揆衆は強かったのか。それは、かれらの許容損失が十割に達していたからだ。「阿弥陀如来のために戦死すれば極楽往生できる！」という信仰のもと、全滅上等で戦われては勝ち目がない。

——その理由でいくと——

この合戦の関係者で、最も許容損失が大きいのは——どんなに敗北してもまったく困らないのは――織田信雄その人なのだ、と、徳川家康は、たったいま気づいた。
織田信雄には、武将としての名誉を惜しむ気持ちも、土地への執着も、まったくない。

六　予兆

天正十二年四月五日（一五八四年五月一四日）

小牧山・徳川家康本陣。

また、戦線が膠着《こうちゃく》した。

羽柴軍は夜明けとともに一斉に畚《もつこ》を担ぎ、土塁（戦闘用の簡易城壁）の建造をはじめた。

小物見（偵察小隊）を確認にゆかせると、羽柴方・岩崎山砦と羽柴方・二重堀砦間の、およそ二十町（約二・二キロメートル）の長さにおよぶ。要するに、砦と砦の連絡を密にするための回廊のようなものであると同時に、かつて織田信長が長篠の合戦で秀吉に築かせた、馬よけの野陣のようなものだ。秀吉は「長期戦になると踏んで腰をすえるぞ」と宣言しているわけだ。

もちろん、家康はこんな見えすいた挑発にはのらない。秀吉の動きは、ただの陽動に過ぎないのだ。

それはそれとして。

――なぜ、俺は『爆《は》ぜ』ないのだ――

徳川家康は、本陣の櫓の上で、羽柴軍の工事を遠目にみながら、欄干に拳をかるく打ち付け、自分に向けてつぶやいた。いろんな愚痴をこぼしたいけれど、誰にも言うわけにはゆかない。

別段、いまに始まったわけではないけれど、つくづく家康は天を仰いで嘆きたい。

――信長殿がやったように、ひとつずつ、手順どおりに片付けているのに――

織田信長の行動を間近でみてきた。信長は、あらっぽくて衝動的にみえる印象とはまったく対照的に、慎重すぎるほど慎重で忍耐強く、手順通りに問題を片付けていった。その結果、織田信長の運勢は爆発し、わずかな期間で中原の覇王となった。

信長がやったように、家康は目の前の問題をひとつずつ片付けているだけなのに、結果が信長とは違う。織田信長は、人望はなかったが人気はあった。運気は備えるものに訪れるという。だが、家康は、どれだけそなえても信長のような運気がこない。

ただし、徳川家康が織田信長にまさるところは、ある。やたらめったら合戦で負け続けた織田信長にくらべれば、徳川家康は、合戦にだけは強い。

さて、対・羽柴筑前守秀吉との戦いについて。

形の上では、今日にいたるまで徳川は羽柴を相手に、一度も敗北していない。家康・秀吉・織田の三つ巴の戦いで、敗北しらずなのは、家康ただ一人である。

東美濃の覇王にして、かつて北信濃の者たちを震えあがらせた伝説の荒武者『鬼武蔵』こと森武蔵守長可《ながよし》を相手に一勝をあげたのは大きかった。羽柴側の動きが、やたらめったら慎重になったからである。

過日四月二日、羽柴側から小牧山の家康本陣に向け、およそ二千騎の騎馬武者が編成されて襲いかかってきた。だが、徳川はこれを一瞬で蹴散らした。

その翌日四月三日、ふたたび羽柴は騎馬武者隊を編成して繰り出してきた。これもまた徳川が当たったところ、羽柴は弓矢や鉄砲を投げ出して一斉に合戦場から逃げ出した。いちおう、戦勝報告の書状を徳川や織田の同盟者に発信し、「小競り合いにつき、数十騎の討ち死ににとどまり申し候」と伝えてはいる。だがそれさえも嘘だ。戦死者が出るほど激しい戦いを羽柴は、しない。不利だとおもえばさっさと逃げる。羽柴の側に、戦死者なんていない。

羽柴は弱い。本当に弱い。

家康は秀吉と何度か組んで戦ったので、羽柴の弱さは承知はしていた。けれども、秀吉が信長の後継者となって以降、初めて手合わせしてみると、羽柴の弱さには磨きがかかっていた。

「この戦場で得るものは何もないので武名をあげるために戦う」徳川と、「この戦場で得るものは何もないので生きて帰るために戦う」羽柴とでは、士気に圧倒的な差があるのはあたりまえだ。

それでも。

小競り合いの勝敗とは無関係に、火縄銃の弾丸と火薬と、放った矢は減る。矢には名前が書いてあるけれど、回収できる数には限りがある。鉄砲の弾丸には名前は書いてないから回収できず、火薬は当たろうが外れようが発射すれば減る。

羽柴がたくさん戦って負ければ負けるほど、徳川の弾薬や矢が減って、地味に痛いのは、家康の側なのだ。

いつ総当りの大いくさになるのか。

徳川・織田の側から仕掛けるわけにはゆかない。そもそも兵力が違いすぎる。

ただし、短期の総力戦となれば、徳川・織田に勝機はある。合戦では何が起こるかわからない。秀吉がどこにいるか、その所在について家康は常に把握している。現在、秀吉は犬山城にいる。そこは羽柴が作った「人の山」、すなわち十箇所に及ぶ砦軍の奥のそのまた奥で、とても手を出せない。しかしいざ決戦となれば、総大将たる秀吉はそんな奥に引っ込んだままでいるわけにもゆかず、戦場に出てくる。となれば脇目もふらず秀吉の本陣に突っ込んでゆけば、徳川・織田にも勝利の目はある。秀吉のために自分の命を捨てたり命を張ったりする奴は、羽柴には、まだいない。

徳川、織田勝利の、足場固めはできている。

——手順どおりに固めているのだが、俺の技量では、爆ぜないのか——

家康は内心嘆息した。織田信長なら、ここで運を呼び込んだろうに。

羽柴秀吉は動かない。

家康がつくった「秀吉包囲網」が機能しているからだ。

伊勢国は本拠地・松ヶ島城を羽柴に落とされたものの、それ以外は羽柴になびかず徳川に内応している者が多い。紀伊根来衆は羽柴に押されて退いたものの、織田に合力して引き続き羽柴に対応する旨、報告が届いた。関東・北条は織田に従い羽柴に対抗する旨、先触れの使者がすでに小牧におとずれた。正式な書状は調製され、明日には届く。

九州島津、四国長宗我部が羽柴に対抗することはわかっている。かれらの旗幟《きし》については秀吉にも筒抜けている。とはいえ、島津も長宗我部も、動く気配はみせていない。織田・徳川に合力したことを書状で回答した時点で、かれらの役割はほぼ終了した。秀吉は、九州・四国に対抗しうる戦力を温存しながら家康と戦わなければならないのだ。

もし島津や長宗我部が、わずかでも戦うそぶりをみせれば、次の瞬間、羽柴の大軍が、自分たちの目の前に物凄い速度で出現するのを、かれらもよく知っている。ただし、島津も長宗我部も、羽柴と直接戦ったこともなければ、ともに組んで戦ったこともない。彼らが羽柴について知っているのは、あくまでも書状や物見からの伝聞情報、すなわち「ものすげえ大軍をとんでもねえ速さで動かし、合戦準備をする前に蹴散らす」ことだけだ。「羽柴の軍が、はたしてこんな程度で軍としてやってゆけるのかと思うほどに弱い」ことは知らない。だから島津も長宗我部も動かない。

羽柴は、形の上では伊賀国・伊勢国を一気に飲み込み、尾張国に迫ってきた。ここで徳川を相手に一敗した。伝説の猛将「鬼武蔵」が、徳川の采配で蹴散らされたのだ。ただし、戦いには勝敗と運はつきものではある。鬼武蔵こと森武蔵の武名がいかに高くとも、この一敗だけで羽柴全体の力量は、遠国には伝わらない。

けれどもこれ以上、秀吉が敗北するとどうなるか。羽柴が、図体ばかりでかいだけの巨大な豆腐だと知れたとたん、羽柴をとりかこむ島津と長宗我部はもとより、北陸から佐々成政が、関東から北条氏政が、紀州根来衆が、いっせのせで羽柴に襲いかかる。となれば羽柴の全滅は避けられない。

つまるところ。

これ以上敗北を続けると弱さが露見して全滅を招きかねない秀吉と、迂闊に自分から動いて徳川の全滅を招きかねない家康の、互いの思惑が合致して、膠着したわけだ。――総大将である織田信雄は、すでに二箇国を失った上に尾張国を戦場にしていながら、たいして困っている風もみせず、ほとんど他人事のごとく涼しい顔をしているのが皮肉ではあるが。

もうひとつ。

なにがどうあろうとも、次の一手を動かすのは、家康ではなく秀吉の側にあることだ。

徳川家康は、待つことしかできない。

そして、羽柴が動いた。

「弁当を、つくろうとしている、だとぉ?」

同日早朝。徳川家康本陣。本多忠勝から「火急の用あり申せば、早急に年寄《としより》（重臣）あつめいただきたく候」と要請があった。このため、家臣筆頭酒井忠次、数字に明るい石川数正、情報収集担当の服部半蔵、外交と人心分析担当の阿茶局を招集した。

「御意。小物見（偵察小隊）よりの知らせにございまする。本日未明、子刻《ねのこく》（深夜零時ごろ）すぎより、羽柴方の砦へと大量の荷が陸送された由」

これは本多忠勝。これを受けて服部半蔵が続けた。

「荷の中身は、弁当を包む竹の皮、白湯を詰め込む竹筒、梅干、干鰯などでございまする」

小物見による偵察だけではなく、羽柴の陣中に忍ばせた伊賀者の内偵の報告である。

石川数正が算盤をはじいて続けた。

「もろもろ勘考いたすと、作られる予定の弁当は四万食から六万食程度でござ候」

家康は思わず顔をしかめた。

「幅がありすぎる」

その誤差とは、徳川全軍が腹いっぱい食ってなお余る量ではないか。

――どうするか――

家康は、ほんの一瞬だけ迷ったが命じた。

「よかろう。ただちに清洲城へ伝令を飛ばせ。『織田中将信雄卿におかれては、ただちに軍勢をひきいて小牧に出馬なされたし』と。委細は伝えるな」

織田信雄は、武辺ごとには愚鈍といわれるが、それでもあの若さで幾度となく万単位の大軍を動かしてきたのだ。多くを語らずとも事態は理解していよう。

御意、と酒井忠次は答え、待機している伝令に命じた。

「殿に、おうかがいしたいのですが」

と、これは阿茶局。

「羽柴が弁当の材料を搬入することが、そんなに大変なことなのですか」

「弾薬ならすでに十分に砦に運ばれとる。秀吉殿が小牧を襲う気なら弁当は要らない。弁当の材料を大量に追加で運びいれたということは、羽柴の軍がどこかに移動する、ということだ」

羽柴が動くのは、わかった。次に知るべきは、誰が動くのか、どれだけ動くのか、どこへ動くのか、何のために動くのか、だ。

このうち、誰が動くか、だけは、わかっている。

羽柴秀次という、若者である。

☆

「秀次に武功を立てさせたらなあかんなあ（立てさせなければならないなあ）」

と、羽柴秀吉が、犬山城の天守閣で欄干をさすりながら嘆息した、とは、秀吉の草履取りとして潜伏させた徳川伊賀者・赤目四十八の報告である。わざわざ草履取りを天守閣の最上階にあげて愚痴るのだから、どこまで本気なのかは不明だが。

「わしには、秀次しかおらんのや」

後継者が、という意味であることは間違いない。

羽柴孫七郎秀次は永禄十一年（一五六八年）生まれで当年十七歳。出自不明の者が多い秀吉の家中としては珍しく、両親が何者か判明している人物である。秀吉の甥にあたる。

母親は秀吉の同母姉。父親（秀吉の義兄）は三好武蔵守吉房《よしふさ》――というと凄そうだが、元は無名の足軽にすぎない。秀次が三好氏の養子になったとき、尻馬に乗るようにして三好姓を名乗った。

秀吉直属の家臣は、それまで無名だったのが、ある日突然表舞台に躍り上がることが少なくない。「賤ヶ岳の七本槍」とまつりあげられた加藤清正や福島正則といった青年武将たちは、秀吉が喧伝するまで、誰も存在も知らなかった。

秀吉の出世が早すぎて人材供給が追いつかず、他家では見向きもされないような人物や、家格が低すぎて引き上げられにくい人物が、羽柴に仕官したとたん、たちまち頭角を現すのだ。羽柴では年功も家格もへったくれもなく、本人に能力と実力がありさえすれば、それでいい。

ただし、どんなに実力と能力があってもなることのできない者が、秀吉に決定的に不足していた。

血縁者である。

この時点でなお、秀吉には子がいなかった。血縁者としてはっきりしているのは姉一人と妹一人、異父弟の小一郎秀長だけである。

羽柴秀次が秀吉の血縁者として「浮上」してきたのは本年天正十二年にはいってから。「秀吉が畿内の豪族・三好康長（三好三人衆の縁者）の養子としていた青年をとりかえし、自分の後継者として羽柴秀次（このときは信吉）を称させた」という情報が家康に入ったのだ。

このとき家康は、羽柴秀次の存在について、まったく把握してなかった。「秀次とは何者だ?」となって、あわてて秀次の身元を調べさせた。羽柴秀次が、秀吉の血縁者であることだけは間違いないことはわかった。戦国屈指の交渉名人の秀吉が、和睦や調略の際の手駒として、あちこちに転々と人質がわりに養子に出し入れしてきた若者だという。

「秀次は、算勘（財務や行政）の才はあるのやが、戦国では武功を立てんと、誰からも相手にされへんのだがや」

と、秀吉は深く天を仰いで嘆息したそうな。

たしかに、秀吉は、行政や理財、土木建築、外交交渉などで圧倒的な才能を見せていながら、金ケ崎の退き口《のぐち》で殿軍で活躍するまで（したあとも、その戦闘能力の低さによって）、軽んじられてきた。その実感であろう。

――合戦能力以外、たいした才能のない徳川家康を、あてこすっているように聞こえてしまうところも、まあ、あるわけだが。

☆

「それにしたって十七は餓鬼だ」

家康は口に出して嘆息した。

十五で成人の戦国時代といえども、十七歳は子供の部類にはいる。算勘とか武功とか、どうたらこうたらという以前に、何かできるほどの経験を積んでいない。家康が十七のときには駿府の今川義元のもとで人質生活を送っていた。織田信長は家督相続前で、阿呆とか大うつけとか呼ばれていた。秀吉にいたっては、どこの馬の骨どころか、何をして食っていたのかさえ怪しい。

唯一といっていい例外は織田信雄である。あの、見てくれだけの凡将が、十七歳のときには、伊勢水軍を率いて長島一向一揆を討伐し、越前一向一揆を討伐し、石山一向一揆に参戦した。

「なんで、そこまで海のものとも山のものともつかぬ小僧に、秀吉殿ほどの者が、武功を立てさせたがるんだ」

家康の疑問に、すかさず本多忠勝がこたえた。

「肝要なのはそれではなく『次に仕掛ける軍勢の大将は羽柴秀次』と、われらにわざわざ内密に伝えてきた、羽柴の真意は、いずこにありや、でございますまいか」

「だわな」

どんな大軍であっても、総大将を潰すか本陣を崩せば合戦は終わる。ちっとやそっとで総大将が戦死することがない理由はそこにある。合戦で敗色が濃くなれば重臣たちが寄ってたかって大将の首をとり、敵にさしだす理由もこれだ。

何より、大将が誰なのかがわかれば、どういう戦略をとってくるのかがわかる。織田信長は絶対に奇手を選ばない。武田信玄が兵を動かしたときには、すでに相手は死んでいる。羽柴秀吉は相手が勝てない状況をつくりあげてから戦う前に降伏の交渉をしてくる。

言ってしまえば「大将が誰になるか」がわかれば、合戦の過半は済んだようなものだ。

「羽柴にこれ以上の失敗が許されない戦況で、なぜ秀吉殿は大将の首をさしだすような真似をするのだ？」

わざわざ徳川伊賀者の赤目四十八に伝えたということは、家康に直接伝えたい、ということでもある。

家康が疑問を呈すると、重臣たちが腕を組んで、唸《うな》って考えこんだ。行政と戦略の名手の名将・酒井忠次と、百戦錬磨の猛将・本多忠勝・榊原康政と、瞬時にして敵の糧食を計算で弾き出す算勘の名手・石川数正と、敵のあらゆる情報を探りだす謀将・服部正成をもってしても、羽柴秀吉の真意はつかめない。

しばらくの間を置いて、阿茶局が口を開いた。

「『徳川は何をしようが合戦だからしかたないが、羽柴の身内に手を出したらただでは済まぬ』の意味ではありませぬか」

「はあ？」

これは同席した全員が、声をあげて阿茶局の物言いに反応した。意表を突かれたのだ。

足軽大将や侍大将、騎馬武者大将から総大将など、「大将」には大小さまざまあるけれど、共通していることがある。大将は死ぬためにいるのだ。

兵や将は殺していいが大将だけは殺さないでくれ、と頼む――というか脅すというのは、戦国武将の発想ではないし理解もできない。

そう、関係者のなかで、羽柴秀吉と阿茶局だけは、発想が戦国武将ではないのだ。

阿茶局は続けた。

「戦国大名と呼ばれるかたがたで、ゆいいつ秀吉様だけが、血縁者に手をかけたことがありませぬ」

指摘されて初めて家康は気づいた。この時点で秀吉は血縁者を殺したことがない。単にいままでは『織田信長の家臣』という立場だったので、戦国大名の地位を守るために家族を殺さなくてすんだだけだろうが。それを含めても珍しい戦国大名であることには違いない。

たしかに阿茶局の指摘はそのとおりではあるが――

「身内や血族なんぞ、家臣を守るために捨てるものだろうが」

覚えず家康は本音が口をついて出た。徳川家康は父に捨てられ、母に捨てられ、家臣に守られて育てられた。家康自身も遠い昔、岡崎城を取り返すために正室・築山殿と長男・徳川信康を見捨てた経験がある。そして信康の謀反を知ったとき、迷わず信康を自害させた。

徳川家康がせっせと側室を片っ端から孕《はら》ませているのは「簡単に捨てられるように替えのきく血族を増やす」ためであって、それ以上の理由はない。家康には、肉親の情はわからないのだ。

「殿は、血の繋がりの深さをご存知ない」

「知っとるわけがなかろうが」

「人質が有効なのは、戦国武将といえども妻子を見捨てるのは難しいからにございまする」

と阿茶局に言われると、家康は返す言葉がない。異論うんぬん以前に、肉親の情というものが理解できないのだから、反論しようがないのだ。

「ただし、秀吉様は、ほかの武人にくらべると、いささか肉親への情が厚すぎるおかたの模様。これを見誤ると厄介にございます」

「とは」

「『もし秀次を戦死させたら、羽柴にどんなに損害がでようと、全力で徳川を潰す』という、秀吉様からの言伝とみるべきかと」

おぼえず家康は同席している武将たちをみたが、いずれも腕を組んだままうなずいた。

「承知した。秀次は、ぜったいに討ち死にさせるな」

敵の大将を討たずに勝つのは、難易度が高いが、それはこの際やむをえない。

「こたびの合戦の目的は、羽柴を痛い目に遭わせるためであって、徳川が全滅するための戦いじゃない。織田中将信雄卿を奉じて上洛することが受け入れられれば、それでいい。われらの合戦の、落としどころを読み間違えるな」

そう、続けざまに局地戦で勝利を続けているときこそ、みずからを戒めなければならない。羽柴秀吉が本気を出して全軍で襲いかかってきたら、徳川は全滅以外に道はない。

この戦いは、徳川の戦いではない。織田信雄の戦いにすぎないのだ。

七　決断

天正十二年四月六日（一五八四年五月一五日）。

徳川家康は全軍に休養を命じた。休養の名目は、前日四月五日に小牧山から八幡塚への土塁（戦闘用の簡易城壁）を築かせたので、その労をねぎらうためである。

この土塁の建築と休養の目的は、建前では「秀吉に向けての陽動作戦」と「暇を持て余している足軽たちの仕事づくり」である。かつて、織田信長が武田を滅亡させて徳川の周囲が「味方だらけ」になってしまった数ヶ月間、「戦うことしかできない」徳川の将兵たちが呆然と立ち尽くしてしまった恐怖を、家康は忘れられない。いくさ人は戦うこと以外には何の役にも立たないのを痛感させられた。

休養の真意は、羽柴の動きに対応するためである。羽柴の陣内に放った伊賀者の調べで、今朝から羽柴の砦のそこここで炊爨《すいさん》の煙があがり、大量の弁当づくりが始まったことが判明した。秀吉は今日の午後過ぎには動く。羽柴秀吉と徳川家康の対決は、目の前だ。合戦にそなえて十分な休みをとらせなければならない。休みを制する者が合戦を制する。

織田・徳川連合軍の総大将・織田信雄は、昨日、織田の勢をひきいてふたたび小牧に来訪し、家康と合流した。ただし織田の総数はわずか四千五百。助太刀の徳川の三分の一なのかよという気もすれば、そこまでやる気がないのならいっそ徳川が羽柴と手を組んで織田を潰してやろうか、とも家康は思う。だが、そんなことをすれば、それこそ織田信雄の思うつぼであろう。信雄はすでに伊賀国と伊勢国を失っているので、「出す人手がない」という名目が立っている。そして、家康も秀吉も、ともに織田信雄の身ぐるみをはがしても信雄の命はとれない立場だ。秀吉はいまだ「織田の家臣」という立場のままで、信雄はそのまま主君に当たる。家康が秀吉と戦うのは「織田信雄の後見人」という立場であって、後見している織田信雄が気に入らんからといって信雄に手をかけたら本末転倒である。

もし羽柴秀吉と徳川家康が手を組んで織田信雄を身ぐるみ剝がして放りだしたら、今度は織田信雄が総大将になって日本中の戦国武将が家康たちを襲うことになる。かつて足利義昭将軍は、自前の軍をほとんど持たずに身ひとつで織田信長を苦しめた。

織田は、当主・織田信雄ひとりが生きていれば、あとはどうとでもなる。織田は信雄本人が主役であって、それ以外はすべてがいくらでも替わりがきくのだ。

——ちなみに徳川の主役は家康ではなく、家臣団である。家康は、家臣団の合意の上に乗っているにすぎない。

さらにちなみにいえば、羽柴の主役は秀吉ではない。家臣でもない。「羽柴はとんでもなく強い」「羽柴にいれば家柄も何もなくても実力だけで稼げる」という幻想が主役である。秀吉には織田信雄のような血統なんぞなく、家康のような家つきの家臣もいないのだ。


で、同日午刻《うまのこく》（正午）、小牧山本陣の櫓の上。

「猿は何をしたいのか」

織田信雄は、小牧山徳川本陣の櫓の上で、羽柴軍がつくる長大な土塁を指さして家康に言った。あの土塁は秀吉がわずか一日間で完成させた。高さ一間（約一・八メートル）、厚さもほぼ一間ある、驚異の土木力である。

家康としては「単なる陽動作戦で、秀吉殿の真意は探査中」と答えたいところなのだが、あまり多くは語れない。

「長篠の合戦の折、羽柴殿は設楽原を横断する長大な陣を急ごしらえで造作し、四郎勝頼を誘《いざな》って武田滅亡へと導き申しました。夢よもう一度、という具合でしょうな」

「猿は、いちどうまくゆくと、何度でも同じ手を使う。三木の干殺《ひごろ》し、鳥取の飢え殺し、備中高松城の水攻め」

秀吉は、野戦では無能に近いことをよく自覚している。攻城戦では城兵と直接対決するのは避け、完全包囲して孤立させる作戦を幾度もとった。その結果、秀吉は攻城戦の名手としての名声を確立している。『韓非子』に似たような話がある。

「株を守りて兎《うさぎ》を待ちたる者を笑うには、樹を切り倒すことが第一ですな」

「で、俺は、いつ上洛できるのか」

信雄は、物言いに回り道をしない男である。

「猿の武名、猿の威光は、海の蜃気楼・砂上の天守のごときものではないか。猿がただただ大きな顔をしていられるのは『羽柴はすげえ』という衆目の一致した幻想の上に支えられているからではないか」

織田信雄の洞察に、家康はほんの一瞬、ひるんだ。信雄がここまで鋭いとは思っていなかったのだ。

「織田の血脈と徳川の武辺をもってすれば、血もなく家もなく寄る辺となる家臣なく武名も虚名ばかりの猿なぞ、ひとひねりではないのか」

どの口でほざいてやがるこの野郎といいたいところだが、信雄の発想は家康とほとんど同じだから、大きなことはいえない。そもそも「織田の血脈」といったところで、織田の権《けん》門《もん》・名声は信長が一代で築いたもので、しかも信長が足利将軍を奉じた永禄十一年（一五六八）から本能寺で横死するまでの、たった十四年でつくったに過ぎない。

けれども、だ。

——阿呆な様子に、見落としていないか？——

家康は、ほんのすこし、寒気がすることに気づいた。よく考えれば、織田信雄ほど、若くして歴史の表舞台に出てきて、敗北をし続け、ぼろかすな評価を受けていながら、いまなお生き続けている人物は、いない。戦国の主君にとって、無能は悪なのだ。家康は自分が戦国大名として名高いと自惚《うぬぼ》れるつもりはないが、野戦だけは議論の余地なく強い。

そこから考えると、織田信雄の「何もしないで生き残る。家臣たちがぜんぶ死んでも生き残る。領地をすべてなくしても生き残る」というのは、ものすげえ強運なのではないか――というか、こいつと組んで本当に良かったのかという疑念がよぎる。

「案じめされぬように」

小指の爪の先ほども思っていなくとも、舌先でこたえることはある。

「羽柴なぞ、われらが組めば、ひとひねりに候」

大嘘である。

八　虚勢

天正十二年四月八日（一五八四年五月一七日）。

羽柴が、動いた。例の長大な土塁が邪魔になって、物見（偵察隊）からはわからなかったが、羽柴側に潜入させていた伊賀者たちの報告がはいった。

前日四月七日、日没を待って、羽柴側の砦から、軍勢が粛々と――というよりは、むしろ、だらだらという感じで出立を開始した。その総数はおよそ二万。羽柴軍の三分の一に相当する。

羽柴軍の東側背後には、山脈と呼ぶにはあまりにもささやかな、言ってしまえば岡と台地のつらなりがある。羽柴軍は細長い縦列で、山あいを進みはじめたという。

その報告を受けたとき、

「狙いは、岡崎城だな」

いちおう、家康は言ってみたものの、口に出すのも恥ずかしいほど丸見えな策である、
犬山城から岡崎城までおよそ十七里半（約七〇キロメートル）。一刻《こく》（約二時間）あたり二里（約八キロメートル）行軍するならば、ほぼ二日間の行程になる。二万の軍なら、用意した弁当は二食または三食。火を通してある弁当なら、煮炊きせず、隠密裏に進軍できるわけだ。

羽柴側の狙いは、悪くはない。いまのところ西三河の本拠地・岡崎城はほぼ空城である。羽柴の二万に包囲されたら、ひとたまりもない。

ただし。

「秀吉殿の策にしては、脇が、あまい」

羽柴軍の弱さは、誰よりも秀吉がいちばん知っている。その一方で羽柴の土木名手ぶりと、攻城戦の好手ぶりも、秀吉は自覚している。

もし秀吉がみずから攻城戦を狙うなら、岡崎城なんぞ狙わず、小牧山城を完全包囲する巨大な土木工事をやってのけ、織田・徳川が震えあがったところで和睦の交渉をしてくる。

「これは、秀吉殿の策じゃない」

土木作事での攻城戦ではなく、明らかに力攻めで城を落とす軍編成である。秀吉ならば、

数にまかせた戦いかたはしない。

「池田恒興様の献策の由」

「ああ、それなら――」

池田恒興は、先日、犬山城を力攻めで落としたばかりである。


池田恒興は当年四十九歳。「織田信長の乳兄弟」ということだけが取り柄の男である。あの気難しい織田信長と気が合い、信長のほぼすべての合戦に従軍した。にもかかわらず信長の生前、ほとんど軍功らしい軍功をあげられず、たいした出世もしていない。信長の晩年の天正八年（一五八〇）にようやく摂津国有岡《ありおか》城を与えられた。

織田信長からは能力をまったく信頼されなかったが人柄は信用されていた。信長の下命により、池田恒興は自分の娘を『鬼武蔵』森長可の正室に嫁した。

本能寺の変の後、池田恒興の運は激変した。織田の後継者を決める、いわゆる「清洲会議」で、柴田勝家・丹羽長秀・羽柴秀吉と同列に扱われたのだ。織田信孝の失脚にともない西美濃・大垣、美濃国府・岐阜（城主は長子・元助《もとすけ》）を「秀吉から」与えられた。このとき東美濃は池田恒興の女婿・森武蔵が支配しており、美濃一国は、ほぼ池田氏に占められている。

息子・元助は傑物として将来を嘱望され、女婿・森武蔵は若くして生きた伝説となった猛将である。

もちろん、家康とは面識がある。大物を引き寄せる運はあるが本人は小物であった。

羽柴秀吉と徳川家康の直接対決に先立ち、東美濃・鵜沼から木曽川を渡って犬山城を力攻めで落としている。


「池田恒興様の献策の由」

「ああ、それなら——」

ならば付け入る隙がある。

この場合、羽柴軍の動きに対応して徳川が真っ先にすべきなのは——知らぬふりをすることである。

もともと徳川の尾張国駐留は、合戦目的である。完全軍装をしたうえ、全軍に禁酒・禁博打・禁生水《なまみず》で、火気と湿気に厳重注意（鉄砲の火薬管理のためだ）、食事と睡眠と休養だけはたっぷりとる、という即応体制を続けている。

羽柴動く、の報を受けたとき、家康は定例の軍議でその議案を伏せた。羽柴が「こっそり出立」というつもりなら、こちらも「気づいていないふり」をするのは重要である。散会させたのち、重臣たちだけを極秘裏に集めた。

極秘裏の重臣軍議に集めたのは、重臣筆頭・酒井忠次、財政担当・石川数正、軍事担当・本多忠勝と榊原康政、情報担当・服部正成、新参代表の井伊直政、そして阿茶局。

「羽柴は、わしが自分で討つ。織田信雄卿は、わしが連れてゆく。わしが動かす徳川は一万。

重臣は榊原康政と井伊直政のみ同行する。服部正成は遊軍として伊賀者を指揮、隠密探査を継続」

じっと待機して政事や調略でなんとかするのは、自分の得手じゃない。何をどうしようが数で羽柴に圧倒されているのなら、自分の得手の野戦で敗北したほうが、納得はできる。徳川家康一万で羽柴秀次の率いる二万と対決するのは、けっこう――というか、かなり難儀なことではあるが。

「小牧の留守居は五千。酒井忠次が留守居の筆頭。石川数正と本多忠勝は小牧に残って留守を守れ。阿茶局も留守」

家康の配置を聞いた瞬間、本多忠勝が眉をわずかにしかめた。これでは、徳川の重臣がほとんど小牧で後詰《ごづめ》になってしまうからだ。

「殿――」

「わしに万一があっても、そこもとらが丸ごと残れば徳川はなんとかなる。秀吉殿がわしの留守を狙って小牧山に全軍を繰り出してきたら、わしを見捨てて浜松に逃げろ。わしが秀次の軍に敗北したという報がとどいたら、すべて見捨てて浜松に逃げろ。わしが野戦で死んだという報がとどいたら、しのごの言わずに浜松に逃げろ。徳川家康の替わりはいる。わしに男子が何人おると思う」

家臣たちにとっては、はいともいいえとも答えがたい物言いではある。

「安気《あんき》にいたせ、わしもすぐに逃げる。戦いかたは、承知しとる。秀次を殺さず、秀次を潰してすぐに逃げる。難易度は高いが、わしを信じろ。武田信玄を相手にするよりも、はるかにちょろい」

徳川家康がいうと、本多忠勝は爆笑した。

「いかにも、武田信玄にくらべれば」

本多忠勝は三十七歳の男さかり。武田信玄との戦いで陣頭に立ち、武田に「家康には過ぎたる武将」とまで言わせた猛将である。

重臣筆頭・酒井忠次は、眉ひとつ動かさずにたずねた。

「されば、殿の策は」

酒井忠次は当年五十八歳。家康が織田信秀（信長の父）に誘拐拉致されたとき、同じ船に乗って同時に拉致された。それ以来の重臣で、家康には実父より重い立場にある。酒井忠次が生き残り、家康の息子の誰かが生き残れば、徳川はどうにかなる。

「三日間」

家康は指を三本立てた。

「いくさで最も重要なのは、期限を区切ることと、目的を明確にすることだ。いくら羽柴秀次が初陣でも、わしらの倍いるのだ。四日は持たん。包囲されたらそれまでだ。第一。わしらが出立して三日を経ても音沙汰がなければ、わしらが敗北したと判断して、逃げろ」

家康は、逃げる話ばかりしている。だが、逃げることは、目先の勝利よりも重要だ。

「第二。われら徳川主力は、秀次の本陣を叩き終えたら、小牧へ逃げ帰る。一万の徳川で二万の羽柴秀次を震えあがらせられれば、この出陣の目的は達成だ」

徳川の軍編成の細かい詰めは、必要ない。一万という数で家康が羽柴秀次攻略隊の指揮をとること、留守居部隊は家康が戦死することを前提にして行動すること、それだけを決めれば誰と誰がどこに配置されるか、おのずと決まってくる。「合戦に強い」とは、そういうことだ。

「よいか」

同席している重臣、酒井忠次・本多忠勝・石川数正は家康の人質時代から、榊原康政は三河一向一揆以来の苦楽を、若い井伊直政は徳川の武田攻め以降の苦闘を、ともに過ごしてきた。

「数え切れぬほど生死の境をくぐってきたが、わしは生きておる」

三方ヶ原の合戦で武田信玄の軍に包囲され身ひとつにされて浜松城に逃げ込んだときも、死ななかった。本能寺の変に巻き込まれ、身ひとつで敵に囲まれ、退路を断たれ、自刃を覚悟したときも、死ななかった。金ケ崎の戦いで織田信長が真っ先に逃げ出して取り残されたときも、死ななかった。姉川の合戦の配置のとき、徳川五千が朝倉一万と正面で戦うことになったときも、家康は、死ななかった。

「断言するぞ。わしは、いくさ場では死なぬ」

合戦以外には取り柄がないのだが、それはこの際どうでもいい。いまやるべきことは決まっている。

「全軍に厳命しておけ。とりあえず飯を食って、涼しいところで寝ろ。休め。休養の理由は何でもいい。日が落ちたら、わしら主力は出立する。小牧に戻ってくるまで寝られないし休めない」

徳川家康は、おおきく胸を張った。

「われらは、勝つ。わしは、寝る。――阿茶（阿茶局）、何か言いたげだが、申すことがあるのか」

「殿、声が震えておられます」

阿茶局に指摘されて、家康は覚えず絶句し、重臣たちは互いの顔を見合わせた。閨《ねや》を知る者はすべてを知る。同衾《どうきん》した女には、どんな虚勢でも見破られるのだ。

「殿、大きくお構えくださいませ。殿は、わたくしが知ってきたいままでのなかで、いちばんいい男でございます」

「いままでと比量して、かよ」

比較級で褒められても、あまり嬉しくはない。阿茶局は亡夫との間に二人の子供がいる。

「はい、だから、殿の順位が下がることもありまする」

阿茶局がこたえると、同席した重臣たちが笑いをこらえきれずに吹き出した。

家康はおぼえず口をとがらせた。

「わしが討ち死にするかもしれぬのに、言うことか」

「はい。殿の順位が下がらない方法は二つだけにございます」

「いかなる」

家康は、自分の声が震えていないことに気づいた。

「二度と会えないようないい男になるか、生きて帰ってくるか」

阿茶局は、ゆっくりと、続けた。

「わたくしは、どちらでも構いませぬ」

九　家康の選択

天正十二年四月八日（一五八四年五月一七日）夕刻・戌上刻（午後七時ごろ）。

日没を待って徳川の先鋒・水野忠重隊四千五百が、小牧を出て、四里（約一六キロメートル）南方の小幡城に向かって出立した。羽柴方の最後尾・羽柴秀次隊八千が、尾張国篠木に着陣したとの報を受けての対応である。形としては大物見（偵察大隊）で、羽柴方に発見・襲撃されたら戦闘になだれこむことを織り込んでのものだ。

徳川の対・羽柴軍の編成は、羽柴にくらべてはるかに少ないといっても一万を超える大軍なのだ。隠密裏に動くのは難しい。移動直後の休憩をとる場所も限られる。羽柴方に小幡城へ先回りされていたらそれまでだったが、それはなく、亥正刻（午後一〇時ごろ）には水野忠重隊が、九日子刻（深夜零時ごろ）には家康本隊が、それぞれ小幡城に入った。羽柴方に動きを気取《けど》られたらそれまでなので、松明《たいまつ》などの明かりはなし。足軽たちはそのまま仮眠をとらせた。梅雨入り前の時期で、虫さされなどを用心せずにすむのは助かる。

小幡城本丸では、最後の軍議がおこなわれた。出席者は徳川家康と織田信雄（夜のことと て、ちょいちょい欠伸《あくび》をしやがるのが難点である）、榊原康政、水野忠重、井伊直政という、五人だけの軍議である。

この段階なので夜明け前の合戦のための配置確認の程度のはずだったのだが、あつまったとたん、水野忠重が、徳川家康と織田信雄の双方を、かわるがわるみながら、

「殿、一発、当てませぬか」

と言い出した。

このときの水野忠重は、臣籍が織田信雄の下に、所領は徳川家康の下にあった。

水野忠重は徳川家康より一歳年長の四十四歳。「自分で戦うことだけが取り柄」の武将である。武将というよりは、「合戦の職人」に近い。

徳川家康の生母・於大《おだい》の方（伝通院《でんづういん》）の弟で、家康の叔父にあたる。戦国の例に漏れず、主従関係が複雑である。

水野氏はもとは徳川（当時は松平）と織田との間に挟まれていた。徳川家康が物心がつく前、水野氏は岡崎から織田に主君を換えたために家康の生母は離縁されて実家に帰され、家康は生母の顔を知らずに育った。

水野忠重は当初、織田信長につかえていたが、永禄四年（一五六一年）に織田・徳川連盟

が締結されたときに徳川の家臣として転身した。それ以後、三河一向一揆鎮圧、姉川の合戦、三方ヶ原の戦い、と、長篠の合戦以外、ほぼすべての徳川の戦いに従軍して、ことごとく戦功をあげてきた。

天正八年（一五八〇）、織田信長の重臣・佐久間信盛が織田から追放されると、水野忠重は佐久間の居城・三河刈谷城を信長から与えられた。水野忠重の臣籍が織田にあるのは、このためである。

これほどの軍歴があり、「徳川家康の叔父」という抜群の血脈を持っていながらも、出世とはほぼ無縁だったのは、その性格にある。政事や領地経営には無関心で狷介固陋《けんかいころう》、合戦がはじまると指揮や軍配なんぞをしないで最前線に突っ込んでゆく。

まさに合戦以外に使い道がない男だからである。

「『一発』とは、なんのことだ？」

おぼえず家康は、榊原康政と井伊直政の顔をみた。水野忠重が家康の叔父、といっても、家臣の格としてはかれら二人よりはるかに低い。水野忠重が羽柴秀次討伐の先遣隊にいるのも、ただただその合戦の腕を買ってのことで、それ以外にはなにもない。

「これでござるよ、これ」

水野忠重は右手をかざし、サイコロを振りだす仕種をみせた。「一発」が双六《すごろく》かサイコロ博奕で大逆転を狙うのを意味しているらしいのはわかった——家康は博奕が嫌いで、双六もサイコロもまったく知らないのだが。

「つまり」

「徳川を二分割し、拙者ひきいる大物見（偵察大隊）だけで羽柴秀次の本陣を急襲するんでござる」

「はあ？」

――それのどこが「一発」なのだ？――

「いまのまま、徳川一万で羽柴秀次八千を――しかも羽柴秀次は十七歳の右も左もわからぬ餓鬼のうえに此度が初陣でござる――討っても、徳川の武名は上がりませぬ。先刻より拙者がお預かりしておる四千五百で羽柴秀次をたたけば、徳川の武名が上がることは必定」

――徳川の、ではなく、お前の武名が、だろうが――

家康は、内心眉をひそめた。

水野忠重は、見た目だけは徳川家康によく似ていると人は言う。中背ながら胸板厚く肩幅が広い鎧櫃《よろいびつ》のような体型に、サイコロ型の頭が載っていて、握りこぶしを顔に埋め込んでいるんじゃねえかというほど巨大な目が顔の中央に落ち着きなく居座っている。言ってしまえば筋肉隆々としたタヌキといった水野忠重の容姿をみるにつれ、俺はこんな外見なのだろうかと気が滅入ってくる。

「羽柴秀次八千を、そこもと率いる先手勢四千五百で崩せると申すか」

「御意」

「根拠は」

「戦場の勘」

と言われると、水野忠重に反論できる者はいない。

合戦場には魔物がいる。用兵の才に欠ける者がどれほど事前に万全の準備をしようと、勝利の神は微笑まない。かつて織田信長は美濃攻めや長年の一向一揆の鎮圧で、万全で圧倒的な兵であたったけれども敗けまくった。羽柴秀吉は機動力と土木作業と和睦交渉能力が群を抜いているから目立たないだけで、合戦場で勝敗を決めたことは、実はあまり多くない。

水野忠重と同様、徳川家康にも戦場の勘はある——というか、家康は合戦の勘しか持っていないというか。

これまでの羽柴秀吉と組んだ経験と、「秀吉さえ不安がる」というほどの羽柴秀次の軍才の無さを勘案すると、徳川家康の勘も家康自身に告げている。

——勝てる——

だが、迷いがある。徳川家康は、水野忠重とは背負っているものの大きさが違う。

「わしらの所期の目的は、羽柴に一勝して小牧に撤収するはずだが」

「否。『殿が武名をあげて生きて小牧に戻る』でござろうが」

水野忠重の反論には、返す言葉がない。

「徳川全軍一万が羽柴秀次本陣八千を襲えば、確かに勝ちはいたす。されど数だけは互角ゆえ、乱戦になるのは避けられませぬ。これは、殿にはおわかりいただけますな」

「わかっとる」

「羽柴軍は長蛇の列になっている。乱戦のさなか、蛇の頭のほうにいる森武蔵の勢が、とって返してきたら、どうなさるおつもりでございましょうや。幸運は何度もありませぬぞ」

「水野は、わしが一度、森武蔵に勝ったのを、ただの幸運だと申すのか」

「違いますか」

水野忠重が即答した。同席する織田信雄と榊原康政と井伊直政が息を呑むのが、家康にはよくわかった。

誰もが思っていて誰もがわかっているけれど絶対に口にしないようなことを、気にせずに口にしやがるから、どれほど合戦の名手でも出世できないのだ。家康は我慢できるが、水野に率いられるものは我慢できまい。

「──違わん」

「誰もが『たまたま殿が勝てただけ』と感じているのはよろしくありませぬ。ここで殿の武名を盤石にするためには、殿は殿で別に主力をたもち、折り返してくる森武蔵を万全の態勢で迎え撃つのがよろしかろうと。殿がひきいる万全の徳川六千なら、『鬼武蔵』森長可《ながよし》を討てますな?」

──『鬼武蔵』を返り討ちにできるか──

徳川家康は先日、森武蔵に奥平忠昌をあたらせたときの手応えを反芻《はんすう》した。

森武蔵は若い猛将で戦いかたは荒っぽく強引で、しかも武運にも恵まれて合戦場での駆け引きのうまさは圧倒的だ。伊賀者を使った陰の戦法ではまったく歯が立たなかった。混戦のさなかに突っ込まれたら勝てまい。

とはいえ家康とて、正面での野戦なら無数の修羅場をくぐりぬけてきた。経験が違う。勝てる。

しかし、だ。

「中将卿は、それでよろしいのか」

「俺はここに三千しか連れてきておらぬ。口を挟む立場にない」

涼しい顔で逃げやがった。総大将が口を挟まなくてどうするのだろう。

「小平太《こへいた》（榊原康政）、兵部《ひょうぶ》（兵部大輔・井伊直政）、存念を申せ」

榊原康政がこたえた。

「すでに水野より具申を受けております。あとは殿のお下知に従うばかりに候」

お前が決めろ、ということだ。

——どうする？——

徳川本体一万余を、水野忠重隊四千五百と家康主力六千強の二つに割って、羽柴秀次攻めと森武蔵受けに対応するか。割らずに一気に羽柴秀次を潰すか。

水野忠重は「一発当てる」と言いはしたものの、分割するのは、けっして無謀ではない。また、大逆転というほどの賭けでもない。家康の勘は「割れ」と言っている。

だが、論理的には違う。家康はいままで、石橋を叩いて渡るような生活を送ってきた。それでも三河一向一揆や三方ヶ原の合戦、本能寺直後の伊賀越えなど、こりゃもう駄目だと死を覚悟する目に遭遇してきた。より安全な策をとれ、と、家康の人生の論理は言っている。勘にしたがうか、論理にしたがうか。

水野忠重が詰め寄った。

「いかがでございましょう、殿」

見れば見るほど品性に欠ける男で、こいつに似ていると言われるのは、やはり家康にとっては心外ではある。

それはそれとして。

「水野、銭を持っておるか。一枚でいい」

「はあ？」

「わしは、ふだん銭を持ち歩かんのだ。一枚、弾《はじ》いてこちらに投げろ」

榊原康政・井伊直政は互いの顔を見合わせたが、水野忠重は嬉しげに懐中から銭束を出し、永楽銭を一枚抜いた。右手で握りこぶしをつくり、人差し指の末節に銭をのせて、親指で弾いた。

永楽銭は回転しながら弧を描いてこちらに飛ぶ。家康は左の手の甲で受け止め右手をかぶせた。

「水野、どちらだ」

「表」

「わしも、表だと思う」

右手をのけると、左手の甲の永楽銭は『永楽通宝』の文字を上にしていた。表である。

「徳川の軍を二分する。先手は四千五百。大将は小平太（榊原康政）。水野は小平太の下知に従え。ただし水野は羽柴軍最後尾の、羽柴秀次の本陣を襲う」

「御意」

「兵部《ひょうぶ》（兵部大輔・井伊直政）はわしとともに徳川本陣。徳川六千五百と中将信雄卿・織田三千とで羽柴の先陣が戻ってくるのを迎え撃つ」

織田信雄が口をはさんだ。

「俺はそれで構わぬが――」

織田三千という、護衛としてはずいぶんな人数で織田信雄の身の安全を優先させている、という考えかたもできる。

「徳川殿は慎重な御仁と思うていたが、存外にいいかげんな」

「人事は尽くしもうした」

ここいらは、合戦を知らない者にはわからない。同席した徳川の重臣は、誰も異論をとなえないのは、決断の難しさを知り尽くしているからだ。

「わが合戦の勘は、健在に候」

もちろん、はったりである。合戦がおわるまでは、勘の当たり外れはわからない。

十　白山林

天正十二年四月九日（一五八四年五月一八日）。

まだ暗いうちに、徳川・織田軍の主力は、羽柴秀次軍の進路を横断し、長久手を見下ろす位置の色金《いろがね》（色ケ根ともいう）山に登り布陣した。小幡城から長久手にいたるまでは山脈がとぎれて見晴らしが良すぎ、大軍が移動するのが丸見えで、小勢の（といっても徳川家康六千五百、織田信雄三千という大軍だが）徳川・織田には不利だからである。

おなじころ、徳川方・尾張国岩崎城が羽柴軍の先鋒に襲われているのを、家康は把握していた。

羽柴秀次が本陣を構えて宿営している白山林から、南方二里弱（約七・六キロメートル）に尾張国岩崎城がある。この岩崎城を、羽柴軍先陣・池田恒興隊と森武蔵隊が包囲しているとの知らせが、家康のもとに入っている。尾張国岩崎城は丹羽氏（織田信長の重臣・丹羽長秀とは別系統）の居城だが、主君・丹羽氏次《うじつぐ》とその一党は家康と行動をともにしており、岩崎城にはわずかな留守居しか残していない。

もともとは羽柴軍第一陣・池田恒興隊が無視して進軍しようとしたところを、激怒した城兵がつっかかって戦端が開かれた模様だが、きっかけはどうでもいい。池田恒興がわざわざ反応して岩崎城を包囲し、襲撃したことにはかわりないのだ。

岩崎城から「羽柴軍先陣の来襲あり」との報を受けたとき、家康は「池田恒興を相手にせずして城を捨てろ」と命じはした。岩崎城は地勢的な重要度は低い。ここを羽柴にとられても、岡崎城へ帰還する経路はいくらでもある。いちいち羽柴が攻めてくると思えなかったので、城主の丹羽氏次は空城同然にして家康についてきたのだ。

まさかこういうどうでもいい拠点に池田恒興がこだわるとは、誰も思わなかったのが問題の第一。

問題の第二は、岩崎城の留守居たちが、家康の命令どおり、はいわかりましたと素直に城を捨てて逃げ出しそうにないことにあった。尾張国岩崎城・城主丹羽氏一門は、もと織田信雄の家臣だったが、政事巧者の織田信雄とは折り合いが悪く、武辺者の扱いに慣れた家康が徳川の家臣として引き取った。要するに戦国武将にありがちな、剛直と武辺の者たちである。「無駄死にするな」と言ったところで、武名と命を天秤にかけて、名前が重たい男たちばかりなのだ。ましてや彼らを包囲しているのが、池田恒興とその女婿、あの伝説の「鬼武蔵」こと森武蔵となれば、敗けても恥ではない。岩崎城の留守居たちが、戦いを選択するのは明らかではあるが、彼らを救援できるような兵力は、家康には、ないのだ。


さて、羽柴秀次本陣攻略。

羽柴秀次主力八千が、白山林で宿営しているのは判明している。前夜から馬を休め、野営の陣を張っているという。秀次本人は本陣を白山林の森の奥にある、白山神社の社殿に置き、のんびりと弁当をひろげ、白湯を飲み飲み、歓談しているところまでは判明している。さすがに酒宴は開いていないらしいが。

ここでも、問題があった。

白山林近辺はいわば台地となっており、濃尾平野よりは高い場所にある。鬱蒼とした森林が続いていて平地がすくなく、羽柴八千と榊原康政・水野忠重四千五百が決戦するには狭すぎた。騎馬するのが難しく、足軽の長柄槍もふるえない。馬から降りての徒歩《かち》・騎馬武者の手槍か打刀《うちがたな》といった短い得物《えもの》での近接戦が中心となる。となれば数の差がもろに戦力の差となるのだ。

唯一の有利といえば、徳川の将兵が樹々の陰に身を隠しやすいことである。

丑下刻（午前三時ごろ）、先手大将・榊原康政から、襲撃準備が整った旨、伝令が家康のところに走ってきた。

「戦端は水野忠重に任せろ。小平太（榊原康政）は戦局を俯瞰せよ。繰り返す。羽柴秀次の身柄を生きて確保して連れてこい」

家康の下命に、伝令は問いかえした。

「生きて連れてくるのが難儀な場合、羽柴秀次殿の命と身柄、どちらを重んじるべきや」

「命。羽柴秀次を絶対に殺すな。羽柴秀次を絶対に傷つけるな。生きての連行が困難であれば、身柄確保はあきらめよ」

ただし、だ。追い立てるのが水野忠重ならば、合戦の現場と戦国武将の矜持についてだけなら、徳川家臣団のだれよりも詳しい。

「羽柴秀次を死なせるな。傷つけるな。そのかわり、死んだほうがよほど楽だったと思わせるほどの恐怖を、骨の髄まで味わわせろ」

「承知」


色金山にのぼり、布陣を終えてしまえば、総大将たる徳川家康と織田信雄には、さしあたってすることはない。気配を殺すために、松明《たいまつ》などの明かりはつけていない。

武辺一辺倒で武芸十般に通暁している徳川家康と、風雅の達人として歌舞音曲に通暁している織田信雄とでは、共通の話題があるわけはなく、黙って腕を組んでいるばかり。

はっきりいって家康は気が気でないのだが、隣の床几に腰掛けている織田信雄が、まるで動じる様子もなく悠然と構えているので、膝をゆすることもできない。

徳川家康は小心である。合戦を指揮するごとに親指の爪を噛む癖があり、合戦の最中には馬の鞍《くら》の前輪を拳で叩きながら「かかれ、かかれ」という癖もある。賭けているものが家康の器量に比して大きすぎ、泰然とするだけの器量がないからだ。

見た目だけなら織田信雄は、徳川家康を上回っている。織田信雄は今回の羽柴秀吉との対決で多くのものを失っているはずだし、この一戦で敗北すれば、さらに多くのものを失う。にもかかわらず、織田信雄は恬淡《てんたん》として動かない。これを将器といえば言えなくもないのだが、織田信雄の場合「愚劣すぎて無くしたものの大きさを理解できないから動じない」とも言われる。

いずれにせよ。

東の空が白みはじめ、将兵が互いの姿の輪郭がようやくわかりはじめた。

そのとき。

北の空から、無数の銃声が鳴り響いてくるのがわかった。開戦である。

白山林から色金山まで四分の三里（約三・〇一キロメートル）。馬を駆れば指呼の間である。

開戦ほどなくして、先陣・榊原康政からの伝令がとんできて、報告を開始した。

☆

以下は榊原康政からの伝令の報告である。

榊原康政は、夜明け前に羽柴秀次本陣前の森林に、先鋒四千五百を待機させた。

羽柴秀次の本陣は白山神社にある。鳥居の脇にたてた、千成瓢箪の羽柴の旗印を目視確認できるところまで接近できた。深い森林と腰まである蘖《ひこばえ》や下草《したくさ》のおかげで将兵を隠すことができた。四月の森林はやかましい。夜明け前でも鳥や虫が鳴き、狐や狸がかけずりまわる草の音が聞こえ、東の風が竹林を叩く。徳川の常識からは想像もつかないが、この時点で羽柴秀次本隊は、不寝番さえ立てずに全員が熟睡していた。

難をいえば森が深すぎて馬を待機させられないところだが、そこいらの事情は羽柴側でもおなじである。

いずれにせよ、ここまで気取られずに将兵を本陣に近づけられた時点で、もはや勝負はついている。

榊原康政のもとに、水野忠重が足音をしのばせてやってきた。

「待機、終え申し候。あとは榊原様のお指図を待つのみ。先陣はわれら水野党がうけたまわりまする」

「わかった」

先鋒隊の大将・榊原小平太康政は当年三十七歳。本多忠勝と並び、徳川家臣団のなかで最も武勇をうたわれた男である。家康のもとについたのは桶狭間の合戦以降ながら、三河一向一揆をはじめとして、姉川の合戦や三方ヶ原の合戦、武田勝頼の高天神《たかてんじん》城攻めなど、徳川の主だった合戦には部将として先陣を切ってきた。

同じ合戦上手でも、水野忠重は「自分が戦うこと」にしか関心がないことに対し、榊原康政は合戦の全体を俯瞰して戦局を勝利に導くことができる。そこに差があった。水野忠重は「戦うことと勝つこと」それ自体を目的にしているが、榊原康政は「勝つために戦う」のだ。ほとんど同じ合戦の場で戦いながら、おおきく出世で差をつけられた水野忠重が、この、若い上役をどうみているか、難しい問題ではあるが。

「あと、榊原様におたずねいたしたき儀がございまする」

「いかなる」

「羽柴秀次について、面識のある者がおりませぬが、いかにして分別いたしましょうや」

「見分けなくてよい」

榊原康政は、できるだけ齟齬なく伝わるように言葉を選んだ。

「本陣に突入したとき、取り囲まれて守られる若者がいたら、それが羽柴秀次だ」

「承知。それとわかれば羽柴秀次の身柄を拘束――」

「否。羽柴秀次を捕らえるな。逃がせ。混戦は避けられぬ。無傷で羽柴秀次の身柄を奪取するのは不可能《よくあたわざる》だ」

榊原康政は戦局をみて戦いの目的を柔軟に判断するからこそ、若くして大軍を任せられている。状況から羽柴秀次の無傷での身柄拘束が不可能だと決断し、ただちに目的を変更した。

「しかし、殿（徳川家康）のご下命は――」

「『羽柴秀次を死なせるな、羽柴秀次を傷つけるな』が殿のご下命だ。このまま隊列を揃えて羽柴秀次本陣をぶちやぶって駆け抜ければ、羽柴秀次は震えあがり、殿のご下命は達成される。いくさの目的を間違えるな」

水野忠重は「戦うために戦う」男なのだ。そこを読み間違えて羽柴秀次を戦死させてしまうと、徳川家康全軍は羽柴秀吉全軍にあっさりひねり潰されてしまう。小牧への出陣について、大局の軍勢では徳川ははじめから羽柴に敗けているのだ。

「深追いを厳禁する。羽柴秀次本陣を討ち抜けたら、羽柴秀次の身柄にかまわず離脱し、小牧山の徳川本陣へ生還せよ。倍ちかい敵に囲まれていることを忘れるな。長居すればするほど不利になる」

「承知。ただし――」

「異論があるのか」

「否。殿のいまひとつのご下命、『死んだほうがよほど楽だったと思わせるほどの恐怖を、骨の髄まで味わわせろ』については、拙者にお任せくださいますように」

「殺さず、傷つけずにできるのか」

「殺さず、傷つけないからこそ」

水野忠重は大きな眼球を不必要なまでに見開いてこたえた。顔立ちも徳川家康によく似ているが、それ以上に、微妙に品性に欠け、狭量な雰囲気があるところが、実に家康に似ている。

「希望と恐怖は同じ場所にありまする。戦国武将は、死ぬことを恐れない。死を覚悟できず、生の希望を抱かせたまま――ひょっとして生きられるかもしれないと思いながら戦うことが、もっとも恐ろしい」

「貴公（水野）は――」

「拙者は、とてもよくわかっており申す」

水野忠重は自分に言い聞かせるようにうなずいた。

遠い昔、さかのぼること十一年前の元亀三年十二月二十二日（一五七三年一月二五日）、武田信玄が駿河から徳川の領土を通過して家康を挑発した、いわゆる「三方ヶ原の合戦」があった。このとき徳川家康は大惨敗した。のみならず、武田信玄に本陣を急襲され、ほとんど身ひとつで武田方の騎馬武者に追撃されるという、戦国時代の合戦の総大将としては、めずらしいほどの危機に遭った。

このとき「徳川家康は逃げつつ恐怖のあまり脱糞、失禁した」という飛語が流れたことがあった。榊原康政は浜松城に帰還する直前の徳川家康と合流しているが、家康は憔悴しきっていたもののそんな様子はなく、長年、飛語の真意に首をかしげていた。

水野忠重はこのとき、徳川家康の影武者として参陣している。追撃している武田信玄が、影武者の水野忠重と本体の徳川家康の区別がついたとは考えにくい。影武者と家康の両方を襲ったと考えるのが妥当なところである。

続く水野忠重のこのひとことで疑問が氷解した。武田信玄に身一つになって追撃されまくり、恐怖で脱糞したのは、水野忠重のほうだったのだ。

「羽柴秀次を、ちびらせ申し候」

「よかろう。水野に任せる」

水野忠重は、人として難はあるが有事の材であった。

「おまかせあれ。ただし、榊原様こそ、ご自身の命《めい》を忘れなさるな」

「とは」

「深追い厳禁。人は、自分の得手で足元を掬《すく》われまするる」

こういう、言わなくてもいいひとことを口にするから、水野忠重には人望もないし人も集まらず、実績があっても出世できないのである。

☆

榊原康政隊は一斉に羽柴秀次本陣に向けて発砲したのち、先陣・水野忠重隊が羽柴秀次本陣に突入し、羽柴秀次本陣は大混乱に陥った。

羽柴秀次は寝起きばなを叩きおこされ、鎧下着のままでとびだし、馬廻衆に周囲を固められながら本陣を脱出した。そこを徳川の先陣、水野忠重隊が追撃していった。もちろん、総大将が真っ先に逃げ出したのだから、羽柴秀次隊八千はたちまち崩壊し、四散していった。

水野忠重とその一隊は、逃げ出した一団が羽柴秀次だと見当をつけたとたん、脇目もふらずに突進していった。こうなると猪武者のほうが強く、そして残忍である。

水野忠重隊は羽柴秀次とその馬廻衆に襲いかかり、その護衛を外側から一枚、また一枚と、筍《たけのこ》の皮を引き剝がすように削っていった。

羽柴秀次を負傷させないことが目的の第一なので、弓矢や鉄砲は使えない。その結果、羽柴秀次とその馬廻衆は腕と腕が触れ合うほどの近距離で戦うこととなった。羽柴秀次が恐怖で、絶叫しながら涙・鼻水・よだれ・大小便などなど、体じゅうの穴という穴から汁という汁を吹き出したのを水野忠重が確認したところで追撃を終了し、水野隊は戦線を離脱して小牧山の徳川本陣に帰還した。

問題は、榊原康政に発生した。所期の目的を忘れ、深追いをはじめたのだ。

総大将・羽柴秀次が本陣を放棄して敵前脱走したことにより、羽柴秀次隊八千は崩壊し、四散した。ここまでは目論見が適中したが、適中しすぎた。榊原康政の指揮する先陣は、ほとんど損失がないまま、水野忠重隊が羽柴秀次とその馬廻衆を追撃するのを、指をくわえて見ていることになる。合戦第一の徳川三河武士たちが、黙っていられるわけがなかった。

羽柴秀次軍が八千いるといっても、四散してしまえば個別撃破して全滅させるのも夢ではない。そこに欲が出た。徳川三河武士が、大局を忘れ、散り散りになった羽柴秀次軍を個々に追いはじめたのだ。

戦功をむさぼろうとする徳川三河武士を、愚かだと嗤うことはたやすい。だが、守るべきものもない異郷の地で、一尺四方の土地も貰えず、友軍の土地ゆえ略奪も厳禁され、何ひとつ利益もなく、主君でもない織田信雄を奉じて上洛する、という名目だけで戦うこと——その織田信雄本人が、さして戦意もみせずに平然と自領や家臣たちを見捨てる状況では、三河武士たちは、戦果をあげて武名をあげるしか、得るものがないではないか。

榊原康政が四散する羽柴秀次軍を深追いしてさらに四散する徳川軍を、とにかくかき集めて態勢を整えているさなか——

別の羽柴軍に襲われた。

「堀久太郎（秀政）が小平太（榊原康政）を叩き潰した、だとぉ？」

徳川家康は、伝令の報告に、耳をうたがった。

「まるで兎《うさぎ》が獅子を追い立てるようなものではないか」

「信じがたきことでございましょうが、榊原様を襲ったのは『三つ盛亀甲に花菱』の旗印の、まごうことなき堀秀政の由。その数、わずか三千」

家康は覚えず絶句した。

堀久太郎秀政は、武将ではあるものの、突出した行政能力で出世した人物である。美濃国の生まれで当年三十二。戦国屈指の美男で、その美貌を買われて織田信長の小姓となった。若くして安土城の普請奉行や京都奉行などの行政面で手腕を発揮した。けれども武将としての功績はほとんどなく、有岡城攻めと二度目の伊賀攻めに従軍した程度である。

本能寺の変の直前、徳川家康の饗応役となっているので、家康とは面識がある。男色にはあまり興味がない（ないわけではない）家康でさえ、見つめられるとおもわず頰を赤らめてしまうほどの美貌の持ち主だった。

「あの小平太（榊原康政）が、あの――」

あの顔がいいだけの、と言いかけて言葉を呑んだ。

☆

委細はこうだ。

尾張国岩崎城攻めの加勢に向かう途上の堀秀政隊が、後方・白山林での羽柴秀次隊から起こった銃声を聞き、引きかえした。

ここで、羽柴軍を深追いしている三河武士たちを、かき集めることに奔走している榊原康政隊と遭遇した。

堀秀政は迷わず榊原康政隊に鉄砲を撃って撃って撃ちまくり、榊原康政隊はこらえきれずに壊滅。榊原隊の死傷者はかなりの数になるものの、把握できていない。

榊原康政本人はどうにか戦線を離脱し、命からがら、小牧山城の徳川本陣に向かっている、という。

「それで、久太郎はどうした」

「追撃せず、ただちに戦線を離脱して犬山城の羽柴秀吉本陣に向かったとのこと」

「なぜ久太郎の行方まで小平太が知っとるのだ」

「堀秀政より榊原様宛に使者があり申したゆえ。『追撃いたす面前に三河守（徳川家康）殿の金扇の馬印（総大将の居場所を誇示するための印）を見つけ申し候。当方、いまは小勢ゆえ、これにてご無礼つかまつる。後日あらため、三河守殿と、お手合わせつかまつらん』とのことでございます」

「まるで奉行所で告訴状をさばくように、いくさをしやがる男だ」

もちろん、家康の馬印なぞ、そんなところには置いていているわけがない。「徳川屈指の名将」

榊原康政を撃破しておいてその首をとらないままでいては、嫉妬した他の羽柴の同僚から何をいわれるかわからない。堀秀政が戦線を勝ち逃げするための言い訳である。

それよりも、堀秀政は、榊原康政に勝てたのが、ただの偶然だということを、だれよりもよく理解している。奇跡は二度は起こらない。

猪武者の水野忠重が深追いせずに戦功を立て、合戦名手の榊原康政が深追いしたあげくにくっそど素人の堀秀政に敗北する。

こういうことがあるから、いくさはわからない。

十一　長久手

同日天正十二年四月九日卯正刻（一五八四年五月一八日午前六時）。尾張国色金山。徳川家康・織田信雄連合軍攻撃隊本陣。

黒煙があがった。南方の、かなりの距離の、かなり高い黒煙であった。城塞が落城する際、周囲に知らせるために城に火をかけ、脂のついた獣皮などを焼いて狼煙《のろし》にすることがある。火災や戦火ではあんな煙はあがらない。

徳川家康は、道案内役の丹羽氏次を呼び寄せた。

「わが居城、尾張国岩崎城の方角に相違ありませぬ」

一礼して、たんたんとこたえた。

「わが弟・氏重に留守を守らせておりましたが、城を枕に討ち死にいたしたるは間違いなかろうかと」

「弟は、いくつだった？」

「十六に候」

「すこし、早いな」

戦死するには、だ。

「されど、いくさで名を残して死にたるは、もののふの本懐にございまする」

「だわな」

今回の主戦場である、尾張国小牧から尾張国小幡城（合戦時は廃城だった）・尾張国岩崎城にかけての丘陵地帯は、丹羽氏次の支配地である。

丹羽氏次は当年三十五歳。身も蓋もない言い方をすると「こういう機会でもなければ名前を知られない、どこにでもいる戦国武将」であった。

もともと尾張国岩崎城の生まれで、親が城主だったという理由だけで城主になった。さりとて家臣団たちに突き放されたりするほど無能でもない。はじめ織田信長に仕えた。ちなみに信長の重臣・丹羽長秀とは血縁関係はない。

やがて織田信忠（信長の長男）付となり、織田信忠の武田攻めにしたがった。武功はあげていないがしくじりもない。織田信忠が本能寺で信長とともに討ち死にすると、一時、織田信雄付になった。だが、織田信雄とはそりがあわず、徳川家康が城ごと引き取って今日にいたる。

そういうとかなり頑迷狷介な人物におもえるが、そんなことはない。

戦国時代である。主君をかえることは珍しくないし、二人の主君に仕えて主君の器量を天秤にかけることもめずらしくない。

戦国時代とは、中小零細の土豪——というよりも農林水産業・流通業者の自警団が専業化し、吸収と合併を繰り返して大規模化してゆく時代である。徳川家康は十九歳で岡崎城主として出発した際に周囲の豪族を吸収して三河武士軍団をつくりあげた。徳川の家中にはつい先日まで徳川の仇敵だった駿河衆や武田信玄の旧臣なども数多くいる。

今回の小牧の合戦は、日本を二分するような巨大な規模のものだ。羽柴二十数箇国および中国・毛利と織田三箇国・徳川五箇国が直接対決し、その周囲を九州・島津、四国・長宗我部、関東・北条が包囲している。かつて三河の片隅でちまちまと人質をとりあっていた時代の合戦とは、規模もやりかたもまったくことなってきているのだ。

くりかえす。丹羽氏次は、つまるところ「武辺者だが、よくも悪くもない、どこにでもいる戦国武将」であった。

尾張国岩崎城も、本来、戦場になるような位置にはない。何本もある、尾張国と三河国の交通網の経路の一本にすぎない。

丹羽氏次という武将は、こういうことがなければ、土地勘だけがある、その他大勢の名もない無難な戦国武将で済むはずだった。

織田信雄は、丹羽氏次の報告を聞くや、家康に言った。

「これで三河守殿と猿（羽柴秀吉）とは、二勝二敗で引き分け、だな」

「とは？」

「森武蔵に一勝、羽柴秀次に一勝。ただし堀秀政に一敗、池田恒興・森武蔵組に一敗」

織田信雄の、まるで他人事のような口調を、すかさず家康はたしなめた。

「囲碁や双六の勝敗を算するがごとき物言いは慎まれますように。落ちた城には、そこで死んだ者もおりまする」

丹羽氏次をみると、唇を嚙んで、もろもろのことをこらえているのが知れた。

織田信雄がこういう具合だから、丹羽氏次のような「ふつうの戦国武将」が信雄から離れてゆくのだ。

「そもそもそれ以外の無数の敗北は、すべて中将卿（織田信雄）のもので、中将卿は一勝もなさっておられませぬ」

「いくさの勝利は、俺の仕事じゃない。そもそも俺はいくさで勝つことを求められていない。猿がいくら俺にいくさで勝とうが、得るものは何もない」

たしかにその通りで、誰も織田信雄が勝つことを期待していない。徳川が勝つことは求められているのだが。

「この戦いは、軍事ではなく、政事《まつりごと》なのだ」

と織田信雄に言われると、徳川家康には返す言葉はない。

人としてどうこうということはあっても、織田信雄は丹羽氏次よりもはるかに大局を高所から把握しているのは間違いなかった。織田信雄の判断は正しい。けれども、人は正論を好まない。

丹羽氏次は、今度は露骨に顔をしかめた。丹羽氏次が、この、合戦を政事の一手段としか考えない主君と、性格が合わないのは当たり前か。

「中将卿のご賢察には賛同つかまつる。雌雄を決さんと、森武蔵・池田恒興の両名が、羽柴秀次大敗の報を受けて引き返してくるのは必定」

徳川家康は、ここで織田信雄の目をみて言った。

「われら徳川・織田の総大将が、ともにみずから出馬して迎撃するのがよろしかろうと存ずる」

一瞬、織田信雄がひるんだ。

「万余の大軍ならいざしらず、この、それぞれ三千ばかりのわずかな手勢のみで戦う、と」

織田信雄の躊躇は、臆病というよりも経験不足による不安であろう。織田信雄は若いころから伊勢国主として、万単位の大軍を扱うのが中心で（でも敗けてばかりだが）、千単位の、戦国時代の小規模戦闘は、織田信長の部将として従軍した以外には、ほぼ経験がないはずだった。織田信雄が続けた。

「徳川六千五百と織田三千が、森武蔵・池田恒興を迎え討つには、この色金山から押し出すのは、いかにも合戦場が広い」

「絶好の地がありまする」

間髪いれずに丹羽氏次がこたえた。合戦場の土地勘は、もちろんこの男がもっともある。

「色金山から南におよそ二分の一里（約一・九キロメートル）くだった場所に、丘に囲まれた、およそ四分の一里四方ほどの盆地がございまする」

そう言われて家康はとっさに脳内で合戦場を描いた。岡崎城主になってから三河統一までは、この規模の合戦続きだったからよくわかる。三河もゆるやかな起伏が連続する丘陵地帯が多く、野戦をするには、家康がもっとも勝手がわかっている地形と規模だった。

「たしかにそれなら馬を走らせるによし、槍衾《やりぶすま》を敷くによし、弓矢や礫《つぶて》（投石）によし、鉄砲を撃ち合うによし。逃げる場所も逃げられる場所もない。——中将卿、よろしいな」

ここで嫌だというほどには、織田信雄は馬鹿ではない。

「よかろう。三河守殿とともに、猿の手下を討ち果たしてやる」

「されば丹羽氏次、案内《あない》せい。ちなみにその盆地に名はあるか」

「当地一体をこう呼んでおりまする。『長久手』と」

十二　井伊

同日天正十二年四月九日辰正刻（一五八四年五月一八日午前八時）。長久手仏ヶ根《ほとけがね》。

徳川家康軍六千五百は徳川家康隊三千三百、井伊直政隊三千に二分割（二百は連絡などの間接任務にまわす）、そして織田信雄軍三千の三隊に分散し、長久手に着陣、整列をおえて休憩を命じた。

丹羽氏次の指摘の通り、長久手はまるで汁椀のような地形であった。織田・徳川はその椀の一方の縁につけた。この汁椀の底で決戦することになるのは間違いない。

織田・徳川は仮眠をとるぐらいで眠っていない。足軽たちにはとりあえず陣笠で日陰をつくり、甲冑武者は兜を脱がせ具足の紐をゆるめさせて座らせた。合戦のための休養はすべてに優先する。

徳川家康は、あわせて合戦準備の指示をだした。

持参した白湯を飲ませて水気をとらせる。合戦中に腹を下されてはかなわんので生水は厳禁。ただし、入梅前の乾燥した爽快な季節なのは助かった。雨の心配もない。

鉄砲隊は早具《はやご》（弾丸と弾薬を繭状の紙に包んで迅速に装填するもの）の点検と火縄が湿っていないかの確認、あと早急に火縄に点火できるように火種の確認。弓隊は弓の弦《つる》の点検。礫《つぶて》隊には投石できる石の数を確認。

こまごまとしたものだが、一隊三千ほどの、戦国時代では小規模な部隊では、大将がこれらに目配りできるかどうかで決まる。戦国の合戦は、細かい詰めと休養と、それが済んだらあとはどうにかなるという大雑把さの組み合わせなのだ。

ほぼひととおりの準備ができたところで、徳川家康は、羽柴方の池田恒興・森武蔵両名宛に伝令を走らせた。挑発である。

「池田勝入（恒興）ならびに森武蔵（長可《ながよし》）に告ぐ。吾《われ》、徳川三河守家康、貴殿らに遺恨あらざれど、織田右府信長公の生前の友誼《ゆうぎ》あるによって、織田中将信雄卿に助太刀いたす。長久手仏ヶ根にて待つゆえ、尋常に勝負つかまつらん」

書面に残すと面倒くさいことになりそうなので、口頭での「果たし状」にした。

伝令が池田恒興・森武蔵の陣に決闘宣言を叩きつけて回答をとりつけて帰ってくるまでにいくらかの時間がある。その間に、家康は自軍の各隊の点検をおこなうことにした。

織田信雄隊は後方に待機。総大将・織田信雄が戦死したら、この合戦は完全敗北で、家康が戦う名目もなくなる。織田信雄隊三千は、信雄自身を守ることが最優先で、かれらが戦う事態が発生しないことが重要である。

実働部隊として井伊直政隊が重要になる。井伊直政隊を視察におとずれると、井伊直政が、

「これは、殿」

と馬から降りようとするので、

「騎馬のままでよい」

とどめた。井伊直政は小兵《こひょう》である。騎馬なら目立たないが、馬をおりれば中背《ちゅうぜい》の家康より頭ひとつ背が低い。真紅の甲冑の、兜の両側に黄金の角が鬼のように突き立って目立つが、小柄であることも目立たせてしまう欠点もある。味方の武者たちに、総大将の小柄さを、合戦前に確認させる必要はない。

「『鬼武蔵』が、われらの賭けに、乗ってくるでしょうか」

「これは賭けじゃない。伝令が池田・森についた時点で、わしらが奴らの居場所を把握しとるのを理解した。隠れるだけ時間の無駄だとわかっとる」

「それでもわれらの挑発に乗りましょうや」

「池田恒興は絶対に乗る。合戦に慣れていても大将慣れはしとらん。犬山城、尾張国岩崎城と続けて勝ったんで、永遠に勝つと考える」

「『鬼武蔵』は？」

「絶対に乗ってくる――というか、乗る以外に選択肢がない。九八郎（奥平信昌）に一敗しとる。伝説の猛将は、なぜ伝説でいられるかわかるか？　おのれの伝説を守るためなら喜んで命を捨てるからだ」

「殿（家康）もまた、拙者の目からみると伝説の名将でございますが」

「『生き残ることだけが取り柄』の伝説だ」

井伊直政は、すこし目を泳がせた。息子ほどの世代の若武者には、「はい」とも「いいえ」

とも答えにくい家康の自虐である。

井伊直政隊は、先年、隊を編成しなおして以来、大規模な合戦は今回がほぼ初陣である。そしてほぼ全員が井伊直政より年長で、ほぼ全員が、ついこの間まで徳川の宿敵だった者たち——織田信長と徳川家康が組んで滅亡させた、甲斐国・信濃国の武田家の家臣たちを吸収してつくられた。当時の武田軍団の習慣をとりこみ、足軽にいたるまで武具を朱色に塗った。かつて大井川をはさんで駿河国と遠江国で対峙した時代から徳川を震えあがらせつづけた『武田の赤備え』の再来である。


井伊直政は当年二十四の若年で、しかも新参でありながら、徳川では筆頭ともいえる地位にある。徳川家康の人事は、実力や実績よりも家格を重んじる。そんな徳川のなかでは唯一といっていい例外である。

井伊直政は、もとは今川義元の家臣の子・井伊谷《いいのや》の豪族の子として生まれた。今川義元が桶狭間で戦死すると、井伊氏は没落して流浪の生活を送った。

ほぼ十年前の天正三年（一五七五）、徳川家康は今川氏の旧領・遠江国の再編成のひとつとして、旧来の豪族である井伊氏を遠江国井伊谷に回復させた。井伊直政はその当主である。

井伊直政は、本能寺の変の後、大混乱に陥った甲斐衆・信濃衆の招撫《しょうぶ》に手腕を発揮した。その成果により、酒井忠次・石川数正・本多忠勝・榊原康政という、三河国岡崎城以来の重臣に次ぐ地位につけることにした。

一昨年の天正十年（一五八二）井伊直政に兵部少輔の通称を名乗らせるのを許可し、重臣の評議の場へ出席させたときのこと。

「なにゆえ、拙者を年寄（重臣）に置いていただけたのでございましょうや」

井伊直政がほかの重臣たちの前にでたとき、最初のことばがそれであった。若い上に新参である。家格は遠江国の豪族だから問題はないが、それでも徳川では異例の扱いである。

遠回しに言っても誤解を生むだけなので、家康は直截《ちょくせつ》に伝えた。

「切り捨てやすくて、かわりがきくからだ」

冷酷なようだが、重要であった。ほかの重臣たちには、事前にまったく同じ理由を伝えている。ただし酒井忠次や石川数正らの重臣の前で伝えることも、重要なのだ。

「若い人材が必要だが、わしの子はいずれも幼い」

家康の長男の徳川信康が生きていれば重臣にするには人品ともに文句なかったが、とうに自害させている。次男・義伊《ぎい》（於義丸《おぎまる》）、三男・竹千代（後年の徳川秀忠）は、ともに十歳に満たない。

「徳川の者は旧来の三河武士が中心で、新参が入りにくい。新参の入る余地をつくっておきたい」

織田信長のように、能力だけですべてを決める人事では客観評価が難しく、いつも家臣の不満と内乱の種をかかえることになる。織田信長の家中がのべつまくなしに謀反で荒れ、信長自身も謀反で殺された。徳川の家格優先の人事だと、すくなくとも内乱は防げる。家康は他の戦国武将にくらべても波乱の人生を送ってきたと自覚はしているが、それでも謀反らしい謀反は、三河一向一揆と長男・徳川信康の謀反未遂ぐらいしかない。

ただし、家格中心の人事では、家臣個人の能力が反映されにくい。新参が能力を発揮できる機会は必要がある。

「算勘者（行政官僚）ではなく、武辺者であること」

家康の本心としては、行政官僚が欲しかった。織田信長には村井貞勝や堀秀政、蒲生賢秀《がもうかたひで》、森成利《なりとし》（乱丸・蘭丸）といった財務と行政に明るい家臣が豊富だった。

この直前、武田が滅亡してから本能寺で信長が斃《たお》れて旧武田領が空白地になるまでの何ヶ月かのわずかな期間、徳川の三方は味方ばかりになって武辺者の仕事がなくなり、家康は泡を食った経験があった。武辺者は合戦のとき以外、使い道がない。

家康が幼少期、今川義元のもとで人質生活を――ほぼ嗣子同然の、次世代を嘱望された人材として恵まれた生活だったが――送っていた戦乱のときには想像もつかなかったが、いまなら断言できる。意外と早く戦国時代は終わる。合戦だけが取り柄の武将の、仕事がなくなるときがくる。

しかし、徳川は戦いに明け暮れる日々が長すぎた。武官が文官を軽んじる傾向を変えることは、いまの家康をもってしても難しい。経理と財務と行政に長じていて重臣の場に置けたのは石川数正ひとりだけである。それでも石川数正を前線に従軍させて他の重臣の目の前で兵站や兵糧などの調達をさせないと、重臣であることを余人に納得させるのは難しい。

井伊直政は小兵である。そして美男であった。堀秀政のような目も眩むような美男子ではなく、織田信雄のような大人《たいじん》の風格のある（見た目だけだが）美男子でもないが、「他人がみれば誰もが認めて好ましく感じる」程度の美男である。ただし美男であることは、けっして有利には働かない。井伊直政が異例の出世をとげたために、「家康の寵童」と噂されているのを、家康は知っている。家康の人事の審美眼を疑うような物言いはきわめて不愉快ではある。ただし、尻で出世する蛍《ほたるさむらい》侍ではないことを証明するのは、井伊直政自身にかかっている。

いちおう井伊直政は、家康の期待どおりに武田の旧臣たちをまとめあげるところまではこぎつけた。

そしてこんにちに至る。

徳川家康は、あらためて仏ヶ根の峰の一座《いちざ》に待機する、井伊直政隊三千を見回した。

「いま申すことではないが——」

三千という軍は、戦国の軍勢としては——家康が岡崎城を回復して以降の戦国の合戦の軍勢としては小規模の部類にはいる。それでも全員が武具を朱色に塗っていると、実数よりも多勢にみえる。

「本当に、この赤備えでよいのだな」

井伊直政が武田の旧臣を配下として吸収するとき、井伊直政がかれらに「武田の赤備え」

を継承することを約したという。

「御意。頼もしいばかりに候」

武具の色の統一は、敵への示威と味方の一体感づくりの効果は圧倒的ではある。ほぼ十年前の天正三年（一五七五）の長篠の合戦のとき、「武田の赤備え」の騎馬武者たちは、織田信長・徳川家康連合軍の鉄砲隊の大量の銃弾をものともせずに突っ込み、馬防柵を蹴破った。獰猛《どうもう》ともいえる武田武者の姿に、三河武士でさえ震え上がった。

ただし、合戦での実用面では不利のほうが大きい。戦国の合戦は基本的に槍足軽が主体の肉弾戦なのだ。混戦となったとき、敵は迷わず赤備えの者を襲えばいい。混戦では、槍を打ち合う、ほんの一瞬の迷いとためらいが命にかかわる。

「ならばよい——いくさの前に二つ、心がけておけ。その一、笑え。その二、わしを見習うな」

井伊直政隊は、ほとんどが家康にとってつい先日まで敵だった者たちである。こうした場合、大将・井伊直政にとって最も怖い敵は、目の前の羽柴という敵でなく自軍の将兵である。戦国では珍しいことではない。家康がかつて幾度も無数に通ってきた道であって、家康にはいまの井伊直政の重圧と気苦労の大きさが手にとるようにわかった。

「もう一度いう。笑え。肩の力が抜ける。余裕をみせろ。形だけでいい。見栄を張れ。中身はあとからついてくる」

井伊直政隊のなかで、井伊直政が最も若輩で小柄である。合戦経験の豊富な、旧・武田軍団を納得させるには、形だけでもなんとかするしか方法がない。

「わしを見習うな。四十三のわしと二十四のそこもととでは、合戦での戦いかたが違う。いい年をして先頭に立って馬を駆れば軽率ものとそしられる。だが二十四のそこもとが最後尾で、でんと構えて動かなければ、臆病者と嗤われてだれも動かない」

――自分がこのぐらいの歳のとき……――

師がいたならば、どれほどよかったか。

家康が二十二歳のとき、永禄六年（一五六三）、三河武士団を真っ二つに割る、三河一向一揆が発生した。誰が味方で誰が敵か、昨日まで苦楽をともにした者が敵にまわった。家康についた者たちも、これから行くであろう極楽浄土をとるか目の前の主君たる家康をとるか、苦しい選択を迫られた。織田信長も一向一揆を相手に難儀したが、織田の家臣団や織田の領民が、信仰を理由に信長に抵抗した話はついぞ聞かなかった。比叡山延暦寺の焼き討ちや長年の一向一揆との戦いがあるので忘れそうになるが、織田信長は、領内での宗教政策には成功しているのだ。家康は信長の宗教対策を知りたかったものの、結局聞きそびれた。信仰以外の理由で信長に抵抗する家臣が多すぎて参考にならないからでもある。反面ではない師は、必要ではある。

「いまおうかがいすべきことではないかもしれませぬが――」

井伊直政は、まぶしげな目をして家康にたずねた。

「申してみよ」

「なにゆえ、殿はいままで勝ち残り続けられたのでございましょうか」

「運」

家康は迷わず即答した。

――ただ合戦に勝ち、ただ生き残ることに長けているだけだ――

そんな実感がある。徳川家康は、戦国武将としては、客観的にみてほぼいまの規模の出世が上限だろう。軍事だけは強いが、戦国大名に要求されるのは合戦能力だけではない。羽柴秀吉は、わずか三年前には、土木と物流と資金調達と外交能力が得意なだけで、武辺のうとさに織田家中ではひそかに（さすがに丹羽長秀・柴田勝家に次ぐ重臣になっていたので表立って誇る者はいなかったが）せせら嗤《そし》われていた。

武力でどうにかできる時代ではない。武力が最重要な時代でもない。時代が変化しているのに、旧来の生き方でここまでやってこられたのは、「運がよかった」以外に何があるというのだろう。

「幸運その一、たまたま城主の家に生まれた。幸運その二、家臣に恵まれた。幸運その三、たまたま織田信長と喧嘩しなかった」

家康は、自分の能力が重臣のいずれにも劣っている自覚はある。統率力では酒井忠次に及ばない。石川数正のような財政・行政能力は持っていない。自信のある合戦能力でさえ、本多忠勝・榊原康政にはかなわない。能力で家康を上回るかれらが、家康を主君としているのは、家康がかれらの主君の家に生まれた、という、それだけの幸運に過ぎない。

家康は、家臣に恵まれた。戦国大名の（戦国武将の、ではない）家臣に要求される、最も重要な能力は「自分より出来の悪い主君を我慢する能力」である。武田信虎（信玄の父）も、織田信長も、そんな家臣運がなかった。

徳川が——いや、家康がここまでやってこられたのは、織田信長の強大な後ろ盾があったからだ。その信長の真意は、現在にいたるまで不明である。背後に織田信長がいたから武田信玄が徳川を攻めたのは限定的だった。家康を脅かせば織田信長が出てくる、とわかっていたから徳川家臣団が家康に反抗しなかったのも事実である。ただし、永禄五年（一五六二）に同盟を結んで本能寺の変で信長が横死するまでの二十年間、織田信長がついぞ徳川に手を出さなかった。あの、気まぐれな信長の気がかわらなかったのは、運がよかっただけだ。

それはともかく。

「拙者が、これからの目の前で勝利する、秘訣はありますか」

と、井伊直政にたずねられて、徳川家康は我にかえった。

——わしは、どのツラさげて師匠のような物言いをしとるのだ——

井伊直政は、自分よりも素質も実力もある。その差は、単に経験と立場の差で、これはどちらも自分の力じゃない。

——恥を知れ徳川家康——

「秘訣なぞ、ない」

そのとき、徳川の陣中全体に法螺の音が鳴りひびいた。長久手・仏ヶ根池盆地を挟んだ対面の丘陵（岐阜嶽）に森武蔵・池田恒興隊概算一万が、三隊にわかれて整然と姿を現したのだ。

十三　赤鬼

同日天正十二年四月九日巳正刻（一五八四年五月一八日午前一〇時）。長久手仏ヶ根。

徳川家康は自身の本隊に戻り、井伊直政がこちらを窺う様子を見せたのを確かめて、軍配団扇をあおいだ。井伊直政の兜の巨大な脇立《わきだて》は、この距離だと小指の爪ほどになるけれど、それでも目視できる。

井伊直政が、ゆっくりとうなずくと、井伊直政隊のそこここから低速前進の法螺が鳴り響き、仏ヶ根池の脇に整列した。

これにあわせて敵方の池田隊・概算三千も対面の丘から降り、井伊隊の正面およそ一町（約一〇八メートル）をへだてて整列した。それぞれ鉄砲の射程内にはいっても、発砲の様子をみせない。

——まだか——

眼下の睨み合いが、家康には落ち着かない。戦国の合戦に「はじめ」の合図はない。最前線に「戦端を開け」と号令する手段もない。敵と味方が向かい合い、整列を終えてしまえば、いつ戦端を開くかはそれぞれの隊の大将にまかせるしか方法がないのだ。

「殿、いますこし泰然となられますよう」

と、馬廻衆に声をかけられ、家康は我にかえった。苛々がこうじて馬の鞍の前輪に拳をこすりすぎ、拳の皮が剝けて血まみれになっていた。

「うむ」

眼下では、池田と井伊が互いににらみつつ、じりじりと間合いを詰めていた。鉄砲は、まだ使われない。

鉄砲は、野戦で運用するには大きな限界をはらんでいる。一発の弾丸で敵を足止めさせる威力がある一方、存外に射程が短い。騎馬武者を相手にする場合、初弾を討ち漏らしてしまうと、次弾を装塡した鉄砲を受け取って構える前に騎馬武者がこちらに突っ込んできて蹴り殺されてしまう。

敵に先に発砲させれば敵に隙ができ、騎馬武者が突撃して敵を潰せる。ただし先に敵に撃たせた場合、こちらの騎馬武者が全滅する危険もはらんでいるのだ。

先日、八幡林で森武蔵を鉄砲隊で追い払うことができたのは、徳川方の鉄砲の数が森隊よりもはるかに多かったからにすぎない。

「殿、はじまりまする」

敵方の、池田隊の騎馬武者たちが馬を降りはじめた。騎馬武者たちは、基本、いざ戦いとなったら馬をおりる。自分たちが鉄砲で真っ先に狙われるからだ。戦国時代の合戦は、槍足軽隊などを統率する騎馬武者たちが戦死するか逃げ出すかした時点で、その隊は崩壊する。

敵を崩すためには、ちまちま槍足軽を射殺するより、指揮官たる騎馬武者を射殺したほうが圧倒的に効率がいい。

しかし。

「殿、井伊様が――」

家康の馬廻衆が指さす側をみると、井伊直政隊の騎馬武者たちも馬をおりはじめたが、ひとり、井伊直政だけが、馬をおりない。

「兵部（井伊直政）、無茶だ」

これでは池田方の銃弾を一身に集めてしまう。本多忠勝のように、どれほど危険な場所に立とうとも絶対に銃弾や矢が当たらない強運の持ち主はいる。けれども、自分に強運があるかどうかなぞ、銃弾に当たって死ぬまでわからないではないか。

そのとき、池田側から一斉に銃声が鳴り響いた。

呼応するように井伊直政隊が――というより、井伊直政が先頭に立って池田隊に突撃を開始した。井伊隊は誰も倒れていない。池田隊の鉄砲隊は、すべての銃弾を井伊直政ひとりに向けて発砲し、そのすべてが外れたのだ。合戦では、こういう奇跡がしばしば起こる。池田隊に隙ができた。

次の瞬間、井伊隊すべてが喊声《かんせい》をあげながら池田隊の中央に殺到した。池田隊の鉄砲足軽たちが、鉄砲をかかえたまま背を向けて逃げ出す。

井伊隊はといえば、猛烈な勢いで走り出す徒歩《かち》武者と槍隊のあとをついてゆくように、井伊隊の鉄砲隊が、立射《りっしゃ》で前進しながら間髪いれず発砲する。

大混戦となった――ようにみえるが違った。井伊隊の鉄砲足軽たちにしてみれば「赤くなければすべて敵」「自分たちの目の前はすべて味方がいるので撃ち漏らしても敵が殺到してくることはない」という戦況なのだ。これほど狙いやすい戦いもない。井伊隊のなかで発砲の銃声が鳴るごとに池田側が次々と倒れてゆく。

そして。

井伊直政の、巨大な黄金の角の脇立兜は、池田隊の者たちを手槍で突き崩し、切り崩し、馬の蹄《ひづめ》で蹴り崩して踏み崩してゆく。その無謀ともいえる勇猛さは、家康からもよく見えた。

家康の馬廻衆のひとりが、感極まった声でつぶやくのが聞こえた。

「井伊様は、まるで赤鬼のごとき……」

みるみるうちに池田隊はくずれ、戦場から逃げ出しはじめた。

戦国の合戦には、審判などというものはない。野戦の場合、敵の隊列をくずし、潰し、敵を四散させて合戦場から逃げださせたほうが勝者となる。

野戦で敵が退散する方法は三つしかない。一、総大将が逃げるか戦死して全軍の統制がとれなくなる。二、個々の部隊の部将が戦死してそれぞれの部隊の統制がとれなくなる。三、全軍が圧倒されて崩壊する。

そして井伊直政は、池田隊を崩壊させたのだ。

家康は命じた。

「待ち鉦《かね》を鳴らせ。その場に待機させろ。勝負はついた。深追いをさせるな。伝令をとばせ。『井伊の赤備え』、天晴《あつぱれ》である、と」

戦場に鉦の音が高く鳴りひびいた。まだ緒戦であって、首実検や戦死者の確認はあとまわしだ。

まずは一勝。問題は次である。

徳川家康みずからが決戦するのだ。敵は伝説の猛将・『鬼武蔵』こと森武蔵守長可《ながよし》。

十四　伝説

同日天正十二年四月九日巳下刻（一五八四年五月一八日午前一一時）。長久手仏ヶ根池横。

徳川家康は家康本隊三千三百を丘陵からおろし、池の脇に整列させた。家康隊の正面に一町半（およそ一六〇メートル）をへだてて森武蔵隊三千が相対した。

森隊の旗印は『森鶴の丸』。大将の『鬼武蔵』・森武蔵守長可は隊列の最前列で、純白の陣羽織をまとい、巨大な黒毛馬に乗っていた。

「伝令を」

徳川家康は伝令を呼びよせた。いちいち伝令を走らせるような規模の軍勢ではないが、こうして向かい合った時点で、すでに気迫で森武蔵に負けている。しくじれば痛い。

そもそも徳川の者は、先年信濃国を攻略したときにその先主・『鬼武蔵』の恐怖の伝説にさんざん悩まされてきたのだ。かてて加えて『鬼武蔵』が伊賀者に襲われたとき、襲った伊賀者の頭を小脇にかかえて西瓜《すいか》のように素手で絞り割った話は、二日を待たず徳川の家中に知れ渡った。

家康は伝令に命じた。

「全軍につたえよ。『鬼武蔵』の伝説に惑わされるな。『鬼武蔵』の名にうろたえるな。『鬼武蔵』の動きに振り回されるな」

「承知」

伝令たちは徳川の前線にとんでいった。いうまでもなく、いちばん『鬼武蔵』の伝説に惑わされ、うろたえ、振り回されてしまいそうなのは、徳川家康自身である。

徳川家康は、軍才で森武蔵におおきく劣っている自覚はある。徳川家康は岡崎城を回復してから三河一国を支配下に置くのに、たった六年でやってのけた。家康は長年、内心でこれはけっこうすごいことだと思っていたのだが、森武蔵は凄さの桁が違った。

森武蔵が『鬼』の二つ名を得たのは、わずか二ヶ月の間である。天正十年（一五八二）の武田攻めの功績により、同年四月、森武蔵は織田信長より信濃国川中島を与えられた。このとき居城の川中島海津城から、抵抗する信濃国の国侍の自宅に夜ごと押し入って子女を人質として拉致連行していく様子を、信濃国の者たちは『鬼』と呼んで恐怖の伝説とした。まだある。

森武蔵の、圧倒的な合戦能力と、政事感覚である。

森武蔵は織田信長が本能寺で横死したと知るや、領知して二ヶ月余の信濃国川中島を放棄し、ほとんど身ひとつで父祖伝来の拠点・美濃国金山城に帰還した。このとき中央政界は織田信長・信忠父子の死により、大混乱に陥っていた。森武蔵はそんな中央政界には目もくれず、美濃金山城の近隣の国侍・豪族を次々と攻め落としていった。一箇年を待たずして東美濃・中美濃――すなわち美濃半国を制圧した時点で、織田の事実上の後継者となった羽柴秀吉に、領有権を追認させた。「美濃半国」といっても、日本有数の大穀倉地帯であると同時に、木曽川と中山道をかかえる水運・陸運の物流の要地であり、そのうえ御嶽山を抱える林業、『美濃焼』と呼ばれる製陶業、『美濃紙』と呼ばれる製紙業を持つ。多彩で豊富な地場産業がうみだす土地の資産価値は――つまり潜在的な武力規模は、三河一国をはるかに超えている。

森武蔵が凄いのは、美濃半国という大国を力ずくで制圧しただけではない。中央政界の覇者が羽柴秀吉だと確定した時点で、はいそれではどうぞと、まとめて秀吉に差し出したところにある。秀吉にしたところで、いったんまとめられた東美濃を再分割して分配するより、まとめあげた森武蔵に領主の地位を追認し、家臣にしてしまえば話が早い。

徳川家康は、たまたま五箇国の太守となっているだけで、才気も能力も、森武蔵にはおおきく劣っている。

家康が森武蔵にまさっているのは、「自分に才能がないのを痛感させられた場数」だけだ。世の中には、年齢や経験が若くとも自分よりも凄い奴が、いくらでもいることを徳川家康は知っている。自分の息子ほどの若者が、才能で自分を大きくしのいでいることは、とてもよくある。

——兵部（井伊直政）は、待機しとるな——

徳川家康は馬上で左翼に控える井伊直政隊をたしかめた。

井伊直政隊は、敵を合戦場から退散させたばかりで、槍を伏せさせ、隊を休ませている。表向き、戦闘を終えたばかりなので加勢はさせられない。

ただし、だ。

家康隊が森武蔵隊に圧倒されて危うくなれば、井伊直政隊がふたたび槍を立て、森武蔵隊を横から突くことになっている。

徳川家康隊三千三百と井伊直政隊三千という、二倍の軍勢で挟撃すれば、いかな『鬼武蔵』といえど勝ち目はない。

卑怯といわれようとせこいと言われようと、とにかく生き残らねばならない、と知っているのが、家康の唯一といっていい強みであった。合戦で、もっとも重要なのは生き残ることである。強い者が勝つのではない。生き残って「自分は勝った」と主張することで勝者になるのだ。

——わしは生き残る。どんな手を使ってでも生きる——

そう決意したとしても、使える手だてはいつも限られる。今回の合戦では「合戦のどさくさに紛れて伊賀者を放ち、敵を暗殺する」という方策が使えない。伊賀者が『鬼武蔵』を怖がるからだ。

「参る。武者は馬を降りよ」

これは肉声で命じ、家康自身も馬から降りた。敵に鉄砲で狙撃されてはかなわない。

戦国武将――別して国主級の総大将が、合戦のさなかに敵に討たれて戦死することは滅多にない。家康が知る限り、桶狭間での今川義元ただひとりである。言い方をかえれば、やることをやっていれば、総大将はそう簡単には合戦では死なない。

徳川家康は、戦国大名でありながら、三方ヶ原合戦や伊賀越えなどで幾度となく死地に直面する目に遭った。運もあるけれど、何より「やるべきことをやらなかった」せいだ。その第一が、ええかっこして身の安全をおろそかにしたところにある。

合戦のさなか、鉄砲の弾丸に当たらないためにはどうしたらいいか？　とりあえず敵の鉄砲に狙われないようにするのだ。いまの家康の甲冑は、降参タヌキのあれではなく、黒糸《くろいと》縅《おどし》大黒頭巾《だいこくずきん》兜《かぶと》という、軽量で動きやすくて目立たないものだ。馬から降りれば、他の徒士《かち》武者《むしゃ》にまぎれることができる。

「鉄砲組は、森の勢が射程に入ったなら、合図を待たずに発砲せよ。ただし――」

そう命令している間にも、森武蔵とその隊は、ゆっくりとした押し太鼓の音に合わせ、一歩、また一歩とこちらに近づいてくる。

「森武蔵を狙うな。敵に当たるのなら、槍足軽でも誰でも構わん。一人でも倒せ」

なぜ『鬼武蔵』を狙わせないのか？　当たらないからだ。戦国武将――別して名のある部将は、才と能のほかに運を持っている。矢も鉄砲の弾丸も当たらないという運が。徳川でいえば本多忠勝がいい例だ。本多忠勝は率先して危険な場に身を置く。武田信玄を相手にしていた時代、撤収する徳川軍の殿軍につき、押し寄せる武田信玄の軍の目の前の河原で平然と槍の穂先を洗い、激怒した武田軍が矢の雨を本多忠勝に降らせたが、かすることさえなかった。

理に合っているとは言いがたいが、かつげる縁起はかつげるだけ担ぐのも合戦のうちではある。

徳川の槍組大将が押し太鼓を打ち鳴らす。これにあわせて徳川家康隊の槍足軽が一斉に槍を倒して正面に向け、槍の穂先をそろえた。

「槍組、焦らぬように。穂先を揃えれば、恐れるものは何もない」

嘘である。

森武蔵は純白の陣羽織に身を包み、およそ一町半（約一六〇メートル）の目視できる距離で、最前列で馬に乗っている。森武蔵の戦法は先刻の井伊直政と同じ。大将みずから騎馬して突っ込み、敵（こんどはこちら側だ）の隊列を踏みつぶして崩すのだ。

まったく目新しくない戦法だが、確実に効果はある。槍足軽の士気ほど読めないものはない。徳川の槍足軽は同郷の者で組ませてある。合戦の最中に同郷の仲間を見捨てて逃げ出すと、いくさが終わって郷里に帰っても居場所がなくなってしまう。それゆえに徳川の足軽たちは士気が低くてもそこそこ戦う。まったくもって非人道的な編成であるが、いまのところ一定の効果はある。

ただし昨日の効果は今日の成功を保証しない。死んでしまえばどのみち故郷に帰れないのだから、足軽たちについては、たいした我慢は期待できない。

そのとき。

「喝！」

かなたの森武蔵の一喝が、戦場にひびきわたった。たった一人だというのに！『鬼武蔵』の二つ名を徳川で知らぬ者はいない。森武蔵の喊声と気迫に、徳川の足軽たちが、おどろき、おびえたのが、背後にいる家康からもわかった。槍足軽の三間半（約六・三メートル）の長柄の槍の穂先が、その長さゆえに握る手の震えを増幅し、ぷるぷる激しく上下に揺れた。剽悍《ひょうかん》無比で知られる徳川三河軍団が、たったひとりの『鬼武蔵』の気迫に、恐怖しているのだ。

「そもさん！」

森武蔵が大喝とともに、全力で突撃を開始した。ここで「説破《せっぱ》！」とでもほざけばいいのだろうが、そんな余裕はどこにもない。そんなことより、森武蔵の大喝に徳川の鉄砲隊が我を忘れて一斉に発砲した。そして迫ってくる森武蔵隊が誰ひとり倒れなかった。森武蔵の気迫で家康からの命令が吹っ飛び、森武蔵に弾丸を集中させ、そしてことごとく外したのだ。

この局面で最も重要なのは——徳川家康隊が崩れないことだ。同じ戦法で井伊直政隊は池田を崩し潰して勝利した。このままでは混戦は避けられない。どうするか。

「一同、道を空けろ！」

徳川家康が一喝した。徳川家康隊は、音を立てて左右に割れた。徒士《かち》で立つ徳川家康と、騎馬して突進してくる森武蔵の間に、誰もいない道ができた。

「鉄砲をよこせ」

馬廻衆から火縄銃をむしりとり、家康は構えた。火挟みの火縄に火はある。火蓋を切った。

――狙いたくないが――

森武蔵以外に狙えない。森隊の先頭にいる森武蔵との距離は一町（約一〇九メートル）を切った。二発を打つ暇はない。森武蔵を撃つしかない。他の鉄砲足軽たちがことごとく撃ち漏らした森武蔵を、だ。

白い羽織をはためかせながら迫りくる、森武蔵の右手の槍の穂が、十文字なのがみえてきた。

――どこを狙うか――

鉄砲で人を射殺するなら胴が確実なのだが、一発で森武蔵を落馬させられなければ、森隊三千が、自分ひとりに向かって押し寄せてくる。森武蔵の胴を狙えば外すことはない。だが落馬させられるか？　合戦のさなか、先頭切って突っ込んでくるような奴は――まして『鬼武蔵』の二つ名を持つような奴は、興奮と緊張が全開で、胴に風穴があいた程度では馬から落ちない。

彼我の距離、およそ三十間（約五四メートル）のところで森武蔵は馬の足をとめた。

「わが面前におられしは、総大将・徳川三河守家康殿とお見受けいたす！」

――わしの名前をでけえ声で呼ぶな――

源平武者でもあるまいに、大将どうしの一騎打ちなんぞ、みっともいいものではない。森武蔵は小兵だったが騎乗すれば堂々たる風格がある。対して家康は、黒ずくめの地味な甲冑で徒士で鉄砲を構えた、ほとんど足軽同然の姿である。自分が『鬼武蔵』にくらべてどのぐらい見劣りするか、家康は考えるだけで気が滅入る。

「拙子《せっし》、美濃国金山住人、森武蔵守長可《ながよし》に候！　拙子は美しく勝つ！」

森武蔵の声は低いがよく通る。そして森武蔵は顔面に面頬をつけていないのが確認できた。これで家康の狙いは決まった。

「いざ尋常に勝――」

森武蔵が言い終えるより先に家康の銃が火を吹き、森武蔵の顔面が吹っ飛んだ。森武蔵は馬から崩れ落ちた。命中した。

半拍の間、沈黙と凍結があった。

だが次の瞬間、左右にわかれていた徳川家康の隊が、一斉に森武蔵隊を挟撃し、森武蔵隊は、あっというまに潰滅した。

徳川隊が、大混乱となって逃げまどう森武蔵隊を討ち刈るあいだ、徳川家康は馬廻衆に鉄砲を手渡し、

「誰か、適当に手柄を立てさせておくように――欲がない奴を選べ」

欲があると、褒賞を欲しがるからである。いちおう、家康には「尋常に勝負していない」

自覚はあった。

するとー
仏ヶ根の背後の丘から、爆音がとどろいた。

——しまった！——

そこには織田信雄の隊がいる。総大将・織田信雄が戦死してしまうと、どれだけ勝っていても敗北になってしまうのだ。

十五　矜持

同日天正十二年四月九日正午（一五八四年五月一八日正午）。

背後の爆音に対し、徳川家康が真っ先にしたのは、自分の馬に乗り直したことだ。総大将たる自分の無事を誇示しなければ、足軽たちが勘違いして全軍が総崩れをおこしかねない。

家康が騎乗して戦場を俯瞰すると、徳川家康隊が森武蔵隊を襲い潰している最中なのがよくわかる。家康が鞍上につくと、家康隊の全軍が、ほんの一瞬、顔をあげて家康の無事をたしかめたのがわかった。家康隊の軍中から「森武蔵守の遺骸を確保もうし候！」の声があがる。

そのときふたたび背後の丘陵から爆音がした。織田信雄が、池田の別働隊に襲撃されているのだ。ただし、爆音とともに池田の別働隊のほうが吹っ飛んでいるが。

「殿！」

井伊直政が、自軍の向きをなおし、隊列を整えて待機させてから、単身、馬を駆ってとんできた。

「井伊の者は、織田中将卿を助勢できまするが、いかに！」

「落ち着け」

徳川家康は、井伊直政をたしなめる風をよそおって自分に言い聞かせた。今のいままで、池田に別働隊がいる可能性を、まったく勘案していなかった。池田恒興の、長いだけで浅い戦歴をあなどっていた。あきらかに家康の失策である。

池田隊は揚羽蝶の旗を背にさし、またも態勢をととのえて織田信雄隊に向けて攻めのぼろうとする。けれども、三たび風切り音がすると、火縄銃とは比較にならない大爆音とともに、池田隊の中央の武将と軍馬と足軽たちが吹き飛んだ。

「殿、あれは――」

「焙烙火矢《ほうろくびや》だ。伊勢・北畠水軍のものだ」

焙烙火矢とは、水軍用の対軍船武器で、いわゆる炸裂弾である。直径五寸（約一五センチメートル）ほどの陶製の食器（焙烙）に火薬と小石などを詰め、点火して敵の軍船に投げこむ。これによって軍船の艤装を炎上させたり、乗船している敵をぶっつぶす。

水戦の場合、敵の船に乗っているのは全員が敵なのだから、こういう「そこにいる者は全部潰す」武器は効果があるが、敵味方が入り乱れる陸戦で使われることは滅多にない。味方を巻き込むからだ。家康も戦歴は深くて広くて長いが、焙烙火矢が陸戦で実際に使われるのを始めてみた。

「殿、われらにお下知を！」

井伊直政の赤備えの部隊が池田隊を襲って混戦となったら、織田信雄は敵味方が入り乱れる合戦場のまんなかに、焙烙火矢を放り込むのをためらうか？　否だ。

――織田信雄は、自分の命が助かるためならどんなことでもやる――

そういう男だからこそ、養家・北畠を滅亡させ、伊賀攻めに失敗して信長の逆鱗に触れても無事で、二度目の伊賀攻めで虐殺のかぎりを尽くしても伊賀者からの報復をうけず、本能寺の変で何ひとつ戦功をあげていないのにもかかわらず涼しい顔で織田の当主の座におさまっているのだ。

「兵部（井伊直政）、あれが『いくさ』とはほど遠いことは、わかっとるか」

戦国武将は戦国武将の矜持がある。殺すか殺されるかの場に身を置いて勝利するからこそ、美しさがある。圧倒的な破壊力をもって、敵も味方もまとめて吹き飛ばすような武器が飛びかう場には、美学はない。

半瞬、井伊直政はためらいを見せたがこたえた。

「承知」

「わしは承知しとらん」

織田信雄を守るために徳川家臣団を捨てられるか？　否である。

「動くな。死ぬなら自分の名のために死ね。織田中将卿のためじゃない」

家康の真意が伝わった。井伊直政は頬を紅潮させた。

「御意」

十六　句切

同日天正十二年四月九日午下刻（一五八四年五月一八日午後一時）長久手丘陵。

徳川家康・織田信雄対森武蔵・池田恒興は、一気に、しかしあっさりと勝敗が決まった。

三度目の爆撃のあと、池田別働隊の軍の勢いに乱れが生じた。家康は商売柄、その種の乱れを読むことは慣れている。森武蔵隊を潰している家康隊の一部を池田別働隊に振り分け、ひと揉みすると、それだけで池田別働隊は潰れ、離脱をはじめた。追撃させて潰走する隊の大将の遺体を奪取したところ、池田恒興その人であった。

二人大将である森武蔵・池田恒興は、ともに徳川家康と面識がある。とりあえず羽柴方の大将、森武蔵と池田恒興の戦死を確認したところで、徳川家康は勝利の法螺を鳴らし、追撃を終了させた。戦いはここまでだからだ。

森武蔵と池田恒興は、いずれも国主に準ずる地位の重臣である。彼らを戦死させたうえ羽柴秀吉の後継者である羽柴秀次（当時は三好信吉）を大惨敗させて恐怖の底に叩きつけた。羽柴秀吉が激怒するのは間違いないし、報復のために全力で突っ込んでくるのは確実である。

今回の長久手の戦いに加わった者のうち、榊原康政が率いた隊はすでに小牧に撤収している。ここにいる井伊直政隊・徳川家康本隊は合戦を終えたばかりで疲弊しきっている。無傷なのは焙烙火矢を三発投擲《とうてき》しただけで決着し、ほとんど戦いらしい戦いをしていない織田信雄隊三千だけだ。

つまるところ、織田・徳川連合軍の選択肢はほとんどない。犬山城で待機している羽柴秀吉が、全軍を全力で進撃してきたら、いまの織田・徳川連合軍ではまったく勝ち目はない。羽柴秀吉の機動力の凄さは誰もが知っている。

——ということで、徳川家康は井伊直政とともに、長久手丘陵織田信雄の本陣にきた。

「今すぐ引き上げ、小牧山に詰める。小牧で幾日か持ちこたえたら、猿（秀吉）は退いてゆく」

あまりゆっくりしていられない。異例なことだが、織田信雄・徳川家康・井伊直政は、騎馬のまま参集しての軍議となった。馬からおりて床几に腰掛けた瞬間に秀吉の主力に襲われてはたまらない。「そんなあほな」と言いたいところだが、合戦巧者の明智光秀も、『瓶割り柴田』の異名を持つ勇将・柴田勝家も、ともに秀吉の機動力を甘くみて敗北しているのだ。羽柴は弱いが動きが速い。

「おそれながら」

井伊直政がいぶかしげに織田信雄にたずねた。

「中将卿は幾日ささえよとお考えめされましょうや」

「おおむねひと月」

「期間の根拠は？」

「羽柴大敗の報が、九州島津や四国長宗我部に届き、かれらが真偽をたしかめて蠢《うごめ》くまでの期間。猿は背中がかゆくなって大坂に戻る」

「それは――」

井伊直政が家康の側をみたので、家康はうなずいた。三千単位の小規模な局地戦での織田信雄の言動は、武人としていささか難があるが、政事としての軍事を大局から把握する視点は、確かではある。

織田信雄は馬上でつづけた。

「まず小牧山に戻る。清洲城との間の糧道（補給路）を確保し、小牧山近在の野戦で羽柴を迎え撃つ。ひと月ささえるならそれで持つ」

「羽柴が清洲城を襲ったら――」

「猿は清洲を襲わない」

織田信雄がさえぎった。

「猿のこたびの合戦の目的が何か、あらためて考えよ。逆賊の汚名を着ずに俺にぐうと言わせるためだろうが」

羽柴秀吉は、すでに主君・織田信長の後継者のひとり・織田信孝を自害に追い込んでいる。

いかに下剋上の戦国時代でも、親殺しと主殺しは大罪である。しかも清洲城は羽柴秀吉が『木下藤吉郎』として織田信長に見出された由来の地なのだ。迂闊に手を出せば、それこそ潰さなくてもいい名分をみずから踏み潰しかねない。

「井伊、そして三河守殿（家康）に申しておく。いくさの目的を見誤るな。いくさは政事の目標を達成するための、手段のひとつにすぎぬ」

政事巧者の織田信雄だからこそ言えることではある。——政事の重要さを痛感しつつも軍事だけが突出している徳川の、その棟梁たる家康の立場では、同意はできても口にはできない。

「勝利にこだわるな。とりあえず目の前の火の粉を払い落とせばそれでよい。こんな小競り合いごときに、戦国大名の誇りをかけることはない」

織田信雄の無神経な物言いに、井伊直政は顔面を紅潮させてこたえた。

「中将卿は、われらや羽柴の者たちの、いくさ場での命を『火の粉』呼ばわりなさるのでありましょうや」

「兵部（井伊直政）、ひかえよ。中将卿に無礼である」

「徳川は、勝ちすぎた」

織田信雄は、政事巧者ゆえに武人の気持ちに無頓着であった。

「羽柴秀次の青い尻をぺんぺん叩くぐらいでよかったものを。敗けて猿の面目をそこそこ保ってやれば、敗け方もなんとかなったものを」

「中将卿は、われらが敗ければよかった、と仰せでございましょうや」

「いくさはいつか必ず負ける。勝ちすぎると、上手い敗け方ができなくなる」

「中将卿の仰せになる『上手い敗け方』とは――」

「敗けて所期の目的を達成することだ」

「お言葉ながら」

「俺を見ろ。あんなに敗けても生きている」

反論の余地のない例を出されると、井伊も沈黙するしかない。

「三河守殿の合戦名手ぶりはよくわかった。だが、ひとつ、案ずることがある」

家康は身構えた。

「いかなる」

「このいくさ、勝っても勝っても、終わらないのではないか」

☆

織田信雄の読みは当たった。

まず、羽柴秀吉側が守勢にまわった。

天正十二年五月一日（一五八四年六月九日）、羽柴秀吉本人は尾張国内の陣を引き払い、木曽川を渡って岐阜に撤退した。四国・長宗我部氏が徳川に呼応して動きを見せたことが第一。森武蔵の戦死にともない、追放されていた東美濃の豪族・遠山氏を徳川が支援して東美濃の侵攻をはじめたことが第二。東美濃では徳川方・遠山氏が勝利して東美濃の一部を奪還した。早い話が、「羽柴は合戦では徳川に勝てない」のが明らかになったのだ。

「徳川家康、羽柴秀吉に勝利す」の報が、日本全国を駆け巡ったことは間違いない。

秀吉は家康との直接対決を避け、織田信雄攻略に集中した。五月上旬には尾張国・織田信雄の拠点の清洲城の属城である加賀野井城、および奥城を陥落させ、尾張国今尾を侵し、尾張国竹鼻《たけがはな》城の水攻めを指示してこれを落とした。織田信雄は羽柴秀吉との合戦ではことごとく敗北した。織田信雄の全敗を見届けたところで、羽柴秀吉本人は美濃国内の陣を引き払い、大坂に帰った。

徳川家康は、羽柴秀吉の軍に対して、その後も無敗を続けた。わけても徳川軍の強さを決定づけたのは、尾張国蟹江城の攻防である。

尾張国蟹江城は、本来織田信雄の麾下にあったが、この年六月、羽柴方・滝川一益と九鬼水軍が上陸(当時蟹江城は海に面していた)して攻略し、羽柴方に落とした。

このため、徳川家康と織田信雄は連繋し、陸上から徳川家康が、海上からは織田信雄が率いる北畠水軍が、それぞれ当たった。このとき織田信雄は海戦で九鬼水軍を追い散らすことに成功している。徳川家康も攻城戦で奪還に成功した。ちなみに羽柴側の大将・滝川一益は敗色をみるや戦場を放棄して脱走している。

羽柴秀吉自身は六万を超える大軍を伊勢国・美濃国にそろえたものの、徳川に対してのこれ以上の敗北を嫌い、戦うことなく引き上げた。

☆

天正十二年七月三日（一五八四年八月八日）蟹江城。本丸大広間。

徳川家康と織田信雄が、尾張国蟹江城奪還戦をおえて蟹江城に乗り込み、徳川・織田の家臣団が居並ぶ場でのこと。

滝川一党と九鬼水軍からの城の受け渡しをすませ、首実検を終えたのち、織田信雄が蟹江城の留守居を決めたり、徳川家康とともに論功行賞を――要するに戦後処理をひととおり終えたところで、織田信雄が家康に声をかけてきた。

「三河守殿（徳川家康）、ちと、厠へ同行せよ」

尊大で傲慢で意思の疎通にいささか難がある織田信雄としてはめずらしい、比較的丁寧な口調であった。それに織田信雄は茶道への造詣も深い。他人を排除した密談なら茶室に招けばよいようなものだが、これは風雅の道に疎い家康への配慮、といったところか。

「承知」

厠の前で尿筒持《しとづつ》ちを待たせ――要するに小用のための雑人さえも排除して、織田信雄は二人だけになったところで家康に耳打ちした。

「三河守殿と徳川党は、この戦ののち、駿府に帰られるように」

「はあ？」

――応援を要請してきたのはお前のほうだろうが――

とは思うが、政事巧者の織田信雄の真意は、軍事一辺倒の家康にははかりがたい。

「中将卿の御真意は奈辺《なへん》に」

「三河守殿にすぐ横にいられては、俺が三河守殿を裏切りにくい」

「とは」

「三河守殿が尾張を留守にしている間に、俺はさっさと猿に降参してくる」

半瞬、徳川家康は絶句し、そのまま反復した。

「『猿に降参』ですか」

――厚顔無恥、とは、この男のことをいうのではないか――

「三河守殿は猿に敗ける気はなかろう」

「言わずもがな」

「猿はとりあえずの落としどころを探している。俺がもうしばらく敗け続けて猿の面目を立てる。五分の敵なら討ち果たすが、圧倒的な弱敵は、討った側が笑われる。俺はたくさん猿に敗けて生き残るほうをとる」

織田信雄は、敗けを恥とは思っていない。しかしそれならば、だ。

「どうせ羽柴殿になびくのであれば、なにゆえ中将卿ははじめから羽柴筑前殿に従いなされなかったのでございましょうや」

「ただ猿に従うだけだと、わが弟・織田三七信孝と柴田勝家のように、猿は適当な言いがかりをつけて殺しに来る。『とりあえず戦うが、すでに取るに足らなくなった織田をわざわざ滅亡させても、誰も得をしない』という体裁を『猿のために』整えるのは、重要なのだ」

いちおう、織田信雄の物言いは正論ではある。「織田にとっては正論」であるが。しかし、これでは徳川家康と徳川家臣団が、織田信雄の面目を立てるために使われただけではないか。

家康のそんな不満が、顔に出たのだろう。すかさず織田信雄は、

「三河守殿は、俺に感謝せよ」

という。

「これで徳川は、まず第一に、わが父・織田信長への武将としての義理は果たせた。次に、これにより羽柴と徳川は、身上に差があるとはいえ、立場としては同格だと天下に示すことができた。なにより、徳川家康は軍才・武才では羽柴秀吉を圧倒しているのを天下にしめせた」

不愉快ではあるが、織田信雄の指摘する通りである。特に、家康自身の、軍の指揮能力の高さを家臣団の目の前で見せつけることができたのは大きい。羽柴と徳川では、政事力も経済力も格段の差がある。現状で徳川が瓦解せずにいるためには、家康個人の魅力を示すのが不可欠である。この合戦がなければ、家康は「運はあるけれど見た目があまりぱっとしない、羽柴とは圧倒的な国力の差がある平凡な大名」として家臣団に見限られてもおかしくはなかった。

「あとは猿がどこで手を打つかだけで、俺の——織田の戦いは決着する。どのみち織田は敗北続きだから、片付けかたは、さほど難儀ではない」

織田信雄は、すっきりした顔で続けた。

「いくさで勝って、敗けを受け入れるのは、大変だぞ」

この野郎と織田信雄の胸ぐらを摑んでやりたいところだが、徹底的に信雄の物言いが正しいのだから頭が痛い。

☆

天正十二年八月中旬、伊勢国佐田城が陥落し、これで織田信雄は伊勢国のほぼ全域を失った。徳川の全兵力を伊勢国まで出張するわけにはゆかない。

なにより、農繁期がせまっていた。徳川の版図内は、甲斐国の水害と全域の冷害でかなりの飢饉が予想されている。また、戦闘員こそ一万数千の規模でも、かれらを支える非戦闘員の男子を領国から駆り出しているのだ。

結局、留守居を決めるなどの残務を処理して、家康本人は十月中旬、岡崎城を経由して帰国した。

それからほどない同年十一月、織田信雄は羽柴秀吉と和睦した。羽柴秀吉は織田信雄の羽柴への臣従を求めるかわり、奪取した伊賀国・伊勢国のうち伊勢国を織田信雄に返還するという、どちらが敗北したのかわからないほどの寛大な条件であった。

いずれにせよ、織田信雄が羽柴に降りたことで、徳川が羽柴と戦う名目は消滅した。

同年十一月、徳川家康は秀吉からの申し出により、家康の次男・義伊《ぎい》（後年の羽柴秀康・結城秀康）を秀吉の養子として送りだし、形だけの和睦をとった。

この時点では、あくまでも休戦であって、序列もなにも関係ない。合戦は終わっていないが、進んでもいない。ただ句切だけがあった。

参章　岡崎

一　関白

いますこし、地味な話が続く。

徳川家康の人生には二つの時がある。

思い通りにならない時と、うまくゆかない時である。予想どおりに物事が進まない場合と、何をやっても行動に結果がともなわない場合と。そしてちょいちょいこの二つは、手に手をとってやってくる。

徳川家康にとって、小牧・長久手の合戦が、休戦状態のまま明けた天正十三（一五八五）年は、まさにそんな年であった。

思い通りにならない時の話。

羽柴秀吉は自滅も瓦解も、まったく気配がない。それどころか、空前の出世街道を突き進んでいた。

あれだけ徳川家康を相手に敗北をし続ければ羽柴秀吉の武名は地に落ち、戦国武将としての信用も失墜してもおかしくないのに、だ。

徳川家康自身は、羽柴秀吉との対決で、堀秀政との遭遇戦と、尾張国岩崎城の包囲戦以外の、ほとんどすべての合戦で勝利した。戦国武将・戦国大名の最大の評価基準は軍事能力である。通常、合戦で連敗すれば、家臣は主君に失望して敵に内通し、みずから崩れ落ちるものなのだ。

羽柴には「重臣」と呼べる固定した階層が存在しない。秀吉の出世が急激すぎて、秀吉が出世するごとに衣を替えるように必要とされる人材がかわるからだ。秀吉が雑人時代だったころの家臣で、いまだに地位をながらえているのは、元・野盗の蜂須賀正勝と異父弟・羽柴美濃守秀長だけ。

そんな羽柴秀吉にとって、「織田信長の乳兄弟で羽柴秀吉の後見人のひとり・池田恒興」と、「東美濃の覇者にして『鬼武蔵』の二つ名を持つ若き猛将・森武蔵」の地位は、徳川における酒井忠次や井伊直政に相当する。家康が合戦で酒井忠次や井伊直政を戦死させた場合、家康の采配の信用は失墜し、たちまち謀反がおこって徳川は瓦解するだろう。

だが、羽柴では違った。どれだけ重用されていても、いなくなれば、その立場を別の有能な者がとってかわる——言ってしまえば、羽柴では、秀吉以外はどんな重臣でも、かわりはいくらでもいる使い捨ての状態だったのだ。

こうした羽柴の人事管理の発想は、家康にはなかった。家康にとって三河由来の家臣団は、家康とともに辛酸をなめまくり、苦労をしまくってきた者たちばかりだからだ。

いずれにせよ。

羽柴秀吉は、小牧・長久手での対・徳川で敗北を喫しても、瓦解どころか、その汚名を返上すべく、ものすごい勢いで「秀吉包囲網」の切り崩しをはじめた。

まず紀伊・雑賀・根来。天正十三年（一五八五）五月、羽柴秀吉は十万の大軍でもって侵攻を開始し、一ヶ月余りで制圧した。

次に羽柴秀吉は四国・長宗我部氏を攻略した。天正十三年（一五八五）六月、総数十四万という空前の大軍をもって、讃岐国・阿波国・伊予国の三箇国から上陸。巨大な高潮が浜をさらうような勢いで一気に四国を攻略し、わずか二ヶ月ほど後の同年八月に長宗我部元親を降伏させた。このとき秀吉は長宗我部氏を滅亡させず存続を許し、土佐一国のみを残して臣従させることで決着。

秀吉がとってかえして宿敵のひとり・北陸の佐々成政を攻略したのは天正十三年（一五八五）八月。

佐々は織田信長の股肱の重臣で武勇をうたわれた男だったが、武門で名高い者の例にもれず秀吉とは極端に仲が悪く、常に反発を続けてきた。秀吉は佐々に倍する人員を投入し、これもほぼ一瞬で吸収合併した。佐々成政本人は助命されたが、領土は秀吉に没収された。

これにより羽柴秀吉は、小牧・長久手の合戦の前よりも大きくなった。東は織田信雄に領有を許した伊勢国・尾張国（「領有を許した」であって、領主の人事権は秀吉にある）、北は北陸、西日本は九州以外の三十数箇国を領する、超巨大大名になったのだ。

それ以上に驚嘆すべきことがある。

これほど巨大な世帯になっても、羽柴家中では、秀吉に対してまったく謀反の気配がみられないのだ。

紀伊国雑賀・根来にせよ四国長宗我部にせよ、合戦前にはあれほど秀吉に抵抗していたというのに、羽柴に吸収合併された瞬間から、借りてきた猫のように大人しくなった。

ここいらは、のべつまくまし に謀反と反逆に悩まされていた織田信長とは対照的で、いったいどのような形で羽柴では吸収した新参の不満を抑えているのか、家康としてはぜひ聞いてみたいものではある。

そして、羽柴秀吉の官位の昇進がすさまじかった。

つい忘れそうになるが、小牧・長久手の合戦時では、秀吉は「織田の事実上の後継者」ではあったものの、「筑前守」の受領名だけの無位無官だった。天正十二年十一月、もろもろをすっ飛ばしていきなり従三位権大納言を受け、敬称も「卿」を経ずに「公」となって、官位ともに織田中将信雄を追い抜いた。

秀吉の昇進はとまらず、天正十三年三月従二位内大臣、同十三年七月藤原氏の姓を受けて従一位関白の宣下をうけ、「関白藤原秀吉殿下」となった。徳川家康はこのとき従四位上三河守（歴史上の官位・従三位参議は後年に家康が昇進したときの遡及）にすぎない。

羽柴秀吉は徳川家康に合戦でことごとく敗けつづけたにもかかわらず、自壊するどころか、名実ともに徳川家康をはるかに上回る存在となったのだ。

☆

うまくゆかない時の話。家康側の話だ。

天正十三年中の徳川家康は、やることなすことうまくゆかず、足踏みを続ける状態であった。秀吉が順調にいく話は、いってしまえば家康はかかわっていないが、家康のやることがうまくゆかないのは家康の問題なので頭が痛い。

まず、羽柴秀吉との「小牧・長久手の戦い」。家康が勝ち続けたという事実だけで、だらだらとなんとなく休んでいる状態である。歴史的に忘れ去られるか、重要な割に印象の薄い戦いになりそうな気配が濃厚である。

羽柴秀吉との「講和」は、「休戦」であって、そこに序列はないはずだった。家康は次男・義伊を秀吉のもとに送ったが、それは「人質」ではなく「子供のいない秀吉に養子として徳川の血筋の者を送り込む」という、同格の扱いのはずだった。かつて織田信長が伊勢北畠氏との合戦で難儀したとき、次男・信雄を北畠の養子に送り込み、事実上北畠氏をとりこんだのと、論理的には同じである。

ただし、羽柴秀吉はこの家康の方策を逆手にとった。義伊の官位を、丁重どころかものすげえ勢いで出世させたのだ。

約定通り羽柴の養子とし、秀吉のもとで元服させたとき「羽柴『三河守』秀康」を名乗らせた。わざわざ家康と同じ受領名を名乗らせるのもいやらしい話だが、天正十三年七月には「従四位下左近衛権少将秀康」にさせた。実父徳川家康に迫る高位高官で、何ひとつ戦功をあげていない元服まもない小僧に官位で肉薄された家康には、いい面の皮である。

徳川家康の領内の行政は、もうええわいといいたくなるほど滞っていた。

一年近く領国を留守にしたので、決裁案件がやたらに溜まっていたのだ。手つかずの検地がいくつもあるので評価を確定したり、寺領の整備と税額と権限の確定。各種禁制の布告、紙漉《かみす》き業などの事業者税の税制の減免・加増の確定などなど、膨大な行政処理が待っていた。

その一方、武辺一辺倒の者の凋落を痛感させられた。

戦国時代だというのに、「合戦に強いことだけが取り柄」という武将の活躍する場が、なくなろうとしていた。

天正十三年三月、北陸の太守・佐々成政が、わずかな手勢のみで、みずから浜松城を訪れた。このとき佐々成政は越中一国を支配する大名であって、身ひとつで遠路移動するような立場ではないというのに、だ。

佐々成政が「秀吉を打ち倒すべし！」と家康の面前で力説すればするほど、その可能性の低さに、冷めてゆく自分に家康は気づいた。

徳川が佐々と組んで羽柴をたおす名目がない。佐々と伊賀者との間には恩怨がないので、佐々と組めば伊賀者に秀吉を暗殺させることは可能だが、秀吉個人を暗殺したとして、そのあとどうするのか。残るのは混沌だけではないか。信長が倒れた直後の甲斐国・信濃国の大混乱の時期を家康は直接知っている。あんな事態は、誰の得にもなりはしない。

なにより「こんな奴しかこないのか」という失望があった。上杉や北条が「秀吉倒すべし」と言ってきてもよさそうなものなのに。遠方のようでも、黒潮に乗って海路をつかえば九州島津とて、ほとんど隣国のようなのものなのに。

世の大勢は羽柴にあり、徳川は、財力もなく助けもなく名目もなく最前線に立たされているのだ。

佐々成政に「協力できない」旨を口頭と文書で伝えると、佐々は力尽きた表情を隠さずに帰国していった。かつて織田信長の暗殺をはかり、にもかかわらず織田信長にその武勇を愛され、「母衣《ほろ》衆」と呼ばれた選りすぐりの猛将の、丸まった背中が家康には忘れられない。

佐々成政がその後、秀吉に敗北して落魄《らくはく》したのは前述のとおり。

武辺のことは、時代がかわると本当に役に立たない。いま、時代がかわりつつある。佐々は明日の徳川の姿である。

政事巧者・織田信雄は、敗北して元気になった。

天正十三年六月、織田信雄は徳川に「関白『殿下』に家臣の礼を示せ。これまでの経緯から臣下になるのが難しければ、織田が仲介するゆえ、徳川の人質を尾張清洲に送れ」と言ってきた。ついこのあいだ「猿」とまで言っていた相手を「殿下」と呼んでみせるのだから、いろんな意味で凄い。

家康はこの段階で、とりあえず重臣会議に羽柴への臣従を諮《はか》ってみたが、「羽柴に合戦で勝利したのに、羽柴の軍門にあえてくだる理由はない」と一蹴された。家臣団の意志は、家康の力では動かせない。


そんな矢先の天正十三年八月、武勇自慢の三河武士の、高い鼻をへし折る事案が発生した。

信濃国上田城で、城主・真田昌幸が徳川への吸収を拒否した。そして出兵した徳川軍をことごとく撃退しやがったのだ。

真田昌幸は家康より四歳年下の信濃の豪族で、織田信長や森武蔵が北信濃にいたときにはぐうの音も出さず鳴りをひそめていた。ところが家康が信濃併合に乗り出したとたん「自領は真田が自力でとったものゆえ、徳川に指図されるいわれはない」とほざいた。そこで徳川から兵を出したが、井伊直政らでさえも撃退された。

信濃国上田城は地勢的に決して重要な地ではなく、徳川の総力を投入して勝利しても得るものは少ない。「ただ勝つための合戦」を真田ごときでするわけにはゆかない。結局、合戦巧者だけが取り柄の三河武士が、面目を潰されただけであった。

そして十月。

「羽柴が徳川の再討伐に動く」の報が入った。対・羽柴との表向きの交渉役・石川数正を通し、非公式に羽柴側から「休戦状態の継続はよろしくない。羽柴と決戦するか、臣従するかを決めよ」と申し出があった。

戦わずに臣従すれば中国・毛利や尾張・伊勢の織田信雄のように厚く遇される。戦って臣従すると四国・長宗我部や北陸・佐々成政のように、手痛い待遇が待っている。

そこで、十月下旬、羽柴と戦うべきか臣従すべきかの軍議が家臣団・侍大将・重臣団の、各段階で行われた。

——のだが、ここで吏僚の重臣の石川数正が孤立した。

彼我の資金力の圧倒的差を理由に合戦を反対したのが、石川数正ひとりだったのだ。

石川数正は役務上、徳川の財務内容に精通している。税収や支出、内部留保などなどだ。つまり、どこに、どれだけ、いつまで戦うための資金があるかを把握している。だが、徳川の重臣で、財務と行政に長じた者は、石川数正だけなのだ。あらゆる財務情報が石川数正ひとりに結集することになった。徳川の人事は極端に軍事偏重をせざるをえなかった、そんな無理が、ここで出た。

徳川の家臣団は、真田昌幸という辺境の小者にまったく歯が立たなかった汚名を返上したい思いと、小牧・長久手の戦いで羽柴秀吉に圧勝したことが、「戦うべし」の声を強くした。そのうえ数字に明るく、軍事資金面でどうやっても秀吉に勝てないことを理解しているのが石川数正ただひとりの状態である。家康では家臣団の意志をかえる力はない。

結局、「羽柴と決戦」で衆議が一致した。

そして徳川の重臣中の重臣、石川数正が出奔した。

羽柴との決戦を決めた軍議から十日あまりを経た天正十三年十一月十三日(一五八六年一月二日)、無断で行方をくらまし、羽柴秀吉のもとに走ったのだ。

これにより、徳川の財務内容をはじめ、すべての機密情報が羽柴に渡った。もはやここまでである。

天正十三年十一月十八日(一五八六年一月七日)。秀吉は美濃国大垣へ兵糧の搬入を命じ、その翌日、信濃国上田城主真田昌幸に「来春、徳川家康を討つ」と告知した。ここいらの事情は本来、内密のもののはずなのだが、おおっぴらに徳川に漏れまくっていた。いうまでもなく、石川数正に続く内応者を、徳川から出すための揺さぶりである。

羽柴秀吉と徳川家康の、二度目の全面直接対決は、すでに始まっている——というか、家康はすでに死んでいた。

天正十三年十一月二十八日（一五八六年一月一七日）。岡崎城に詰めている徳川家康のもとを、織田有楽斎長益《うらくさいながます》（織田信長の末弟）が訪れた。羽柴秀吉から和睦の、否、降伏勧告のための使者である。この状況で徳川を針でつつくようなことをやってのけるところが、同じ政事巧者でも甥の織田信雄と違うところである。徳川家康は激怒してみせ、織田有楽斎を追い返した。徳川家康の滅亡は、これで決定的となった。

その翌日。

天正十三年十一月二十九日（一五八六年一月一八日）。羽柴秀吉の本拠地を巨大地震が襲った。後世にいう、天正大地震である。

二　三顧

天正十三年十一月二十九日（一五八六年一月一八日）、後世「天正大地震」と呼ばれる空前の規模の巨大地震が発生した。

その被害は美濃国・飛騨国・近江国・若狭国、京都など秀吉の本拠地を直撃した。長年秀吉の拠点だった近江国長浜は山崩れで大破。佐々成政から没収してほどない越中では津波に襲われて消滅した村落が発生した。

秀吉の臣下となったばかりの織田信雄の領国・伊勢国と尾張国の被害も甚大で、このときの信雄の本拠地・伊勢国長島城は、地盤の液状化により大破。織田信雄は長島城の再建を放棄し、拠点を尾張国清洲城に移した。

美濃国大垣城は、翌年早々に予定されていた徳川攻めのため、大量の兵糧が搬入されていた。この大垣城もまた、地震により崩落・消失した。

☆

天正大地震の際、徳川家康は岡崎城にいた。

地震としては「かなり揺れた」程度の認識であった。事実、三河国以東、信濃国以東の被害は皆無に近かった。

しかし、その翌日から羽柴支配地内にひそませていた「草（敵地に日常的に潜伏させて状況を把握させる伊賀者）」から続々と被害の甚大さの報告があがってきた。

秀吉本人とその身辺は無事だと確認はとれた。

短い期間に家康のもとに大量の情報が寄せられてはきた。ただし、このとき数字に強い石川数正が羽柴に逐電したばかりで、集められた情報をとりまとめて被害の規模を把握する手段が、徳川にはなかった。

秀吉側の被害については、秀吉の草履取りをやらせていた伊賀者・赤目四十八が、地震以降、秀吉の身辺から遠ざけられた。秀吉が、自分の動揺を家康に知られまいとしていることだけはわかった。

天正十三年十二月下旬、羽柴秀吉は、下野国・佐野氏に「来春早々（太陽太陰暦での『春』なので旧暦一月）に徳川家康を攻め滅ぼす」との使者を飛ばした――が、これは秀吉の陽動であった。ほとんど同時に尾張国・織田信雄から密使が家康のもとにとんできたのだ。「関白羽柴秀吉殿下に徳川とのさらなる和睦の意志あり。徳川の言い分をすべて呑む由。さすれば徳川に和睦の意志ありや」と。

家康は「あり」と回答した。

☆

天正十四年一月二十七日（一五八六年三月一七日）、三河国岡崎城表座敷。

織田信雄が、秀吉との和睦の使者として、みずから三河国岡崎城をおとずれた。

なにせ織田信雄本人が、昨年従三位権中納言に昇進した超のつく高位高官のうえ、従一位関白藤原秀吉（このとき秀吉は近衛前久の養子となって藤原氏となっている）からの和睦の使者である。

いままでの経緯がどうあれ粗略にあつかうわけにはゆかず、岡崎城本丸表座敷には、酒井忠次・本多忠勝・榊原康政・井伊直政という重臣のほか、それに次ぐ奥平信昌・水野忠重・服部半蔵らが威儀をただしてあつまった。

――織田信雄が、どのツラをさげて岡崎に来るのか――

というのが、おおかたの空気であった。

元をただせば、小牧・長久手の戦いは、この青年武将の救援要請をうけてはじまった。こいつのために多くの血が流れ、そして信雄は自分の命のためにさっさと秀吉に降参した。徳川と羽柴はどのみち激突は避けられないので、信雄が戦ってくれたために羽柴に徳川の領地を荒らされずに済んだことはたしかだが。

いずれにせよ、ここにいる全員が、その立場上、織田信雄と面識がある。

――どのツラをさげて――

伊勢・尾張二箇国を領する日本屈指の大大名本人が来訪するのだから、和睦交渉の概略は、ほぼ出来上がっていて、儀式のようなものではある。

羽柴秀吉側が提示した条件は二つ。
一、徳川の本領は安堵する。
二、三河武士の武名は守る。
いわば羽柴秀吉側の事実上の全面降伏である。

家康としては「よくこんな条件を秀吉に呑ませたものだ」と織田信雄の外交手腕に舌を巻いた。

その反面、徳川の家臣団の反応はといえば、「当たり前のことをしたり顔で」と冷めた見方が大勢であった。徳川家臣団は合戦では、榊原康政と岩崎城（城番・丹羽氏重）の二度の敗北だけで、それ以外は羽柴に完勝している。合戦に敗けたほうが降伏するのは当然だというわけだ。家康が説得しなければならないのは、羽柴秀吉ではなく、徳川家康家臣団なのだ。だもんで、徳川家臣団の、「どのツラさげて」という空気に満ちるのはしかたない。

しかし、だ。

「三位織田中納言である」

織田信雄が名乗りをあげて表座敷にツラをさげて現れたとき、列席した徳川家臣団が息を呑み、そして織田信雄の風格に気圧《けお》され、その場で声をあげて平伏した。

漆黒の衣冠束帯という本格的な公卿装束と、織田信雄の立ち姿が、あまりにも美しかったからである。

同日天正十四年一月二十七日（一五八六年三月一七日）、三河国岡崎城奥座敷。

徳川家康は人払いをし、織田信雄と阿茶局の三人だけで奥座敷に集まった。

阿茶局は織田信雄の美貌に頬を上気させた。

「おひさしゅうございます」

「関白殿下からのご下命だ。『徳川殿との内談では、阿茶局をまじえよ』と」

なぜだ、と家康がたずねるより先に織田信雄は続けた。

「和睦の条をくりかえす。関白殿下は徳川の領地に手をつけない。徳川家中の武名を傷つけない。徳川の扱いは、中国・毛利と同じだ。羽柴に臣従しさえすれば、すべて現状のままだ」

ここまでは表座敷で明かした通りだ。わざわざ奥座敷で密談する以上、この続きがある。

「『徳川が羽柴に臣従せよ』とはいかにして――」

家康が言いかけると、織田信雄がさえぎった。

「三河守殿（徳川家康）が上洛し、関白殿下の謁見をたまわるのだ」

「のこのこと、京都までなぶり殺されに来い、と仰せか」

「徳川の家臣を納得させるために『三顧の礼』の法をつかうのだ」

「とは？」

三顧の礼とは、三国時代の中国・蜀の帝王劉備が、名軍師・諸葛亮を家臣にと望んだが会えず、三度、諸葛のもとを訪れた故事をいう。そこから転じて、有能な人材を手厚く遇する行為をさすようになった。

そこそこの漢書の素養がある武将なら誰でも知っている話である。秀吉が家康を歴史に残る軍師・諸葛になぞらえているのであれば、三河武士の面目は立つ。

「羽柴は、そこまでして徳川の軍才がほしい。徳川は武名を保てる。羽柴は徳川の武力を得られる。双方に利がある」

織田信雄は続けた。

「三河守殿が洛中におられる間、三河守殿の身柄と引き換えに羽柴から人質を出す」

人質、といっても、現在にいたるまで秀吉には子供がいない。甥の羽柴秀次は先日の小牧の戦いで大失態をやらかして、人質としての価値はない。

「三河遠江駿河甲斐信濃の東国五箇国の太守たる、わしと釣り合う人質なぞ、羽柴に――」

「関白殿下の妹御《いもうとご》と母御前《ははごぜ》だ」

――こいつは何を言っているのだ？　というか、羽柴秀吉は何を言っているのだ――

「三河守殿は正室が空席の由。関白殿下の妹御を娶《めと》り、もって羽柴と徳川は姻戚となるべし、と」

「はあ？」

秀吉の甥・羽柴秀次がとつぜん秀吉の後継者候補として浮上して以降、家康は秀吉の身辺を徹底的に洗ってある。ひとつ判明しているのは、羽柴秀吉は、戦国武将としては驚くほど親族・血族が少ないことであった。極端な漁色家だが、子供はいない。

秀吉の実父については、この時点でもわかっていない。秀吉の生母・大政所《おおまんどころ》から生まれたきょうだいは四人（戦国時代は男系で家系をみるのが通例で、この意味でも秀吉の血族は異例なのだが）。長女・三好氏（羽柴秀次の母）、秀吉本人、異父弟・羽柴秀長、異父妹・佐治氏妻。

秀吉には家康の次男・秀康を養子にさせているが、秀康の存在が、羽柴・徳川間の繋がりを強くすることには、まったく役に立っていないことだけは確かで、より深くて強い係累が必要なことは確かであった。

「四十を超える妹御がひとり、おられるだけのはず」

「その妹御を離縁させて徳川に嫁がせる。当年四十三の女御で、三河守殿より一歳年下。めおとになるには釣り合いはとれる」

信雄の言い分に、家康は驚き、絶句した。

「！」

ほぼ同時に、阿茶局は声をあげた。

「むごい」

初婚年齢が十四歳から十五歳が通例の時代である。「二十で年増、二十五で大年増」ともいう。四十三歳とは、孫がいてもおかしくない年齢なのだ。

織田信雄は続けた。

「驚くことではない。かつて小谷殿（織田信長の妹・お市の方）が柴田勝家のもとに再嫁したのは三十六のときだった」

「政略のために夫と別れさせるのを、むごい、と申しております る」

「阿茶局におかれては、そのむごさの重さを承知しておられて何より。関白殿下はそこまでして徳川と和睦いたしたいのだ――まだある」

織田信雄は自慢げに続けた。こういう見た目だから忘れそうになるが、この男もまた、秀吉に匹敵する政事と交渉の名手なのだ。

「くりかえすが、関白殿下の母御前・大政所を差し出す。三河守殿が上洛中、大政所の身柄を人質として三河岡崎城にあずける。これにまさる三河守殿の身の安全の約束のあかしは無かろう」

「『三顧の礼』と言われるが、関白殿下がわしに頭を下げるのは二度しかありませぬぞ」

「最初のひとつは、俺だ」

平然と織田信雄はこたえた。二年前に「猿」と言っていた相手の小間使いになるのを、なんとも思っていない。

「いかにも異論はござらぬが――ふたつ、疑問があり申す」

「なんなりと」

「まず第一。なにゆえ関白殿下はそこまで折れるのでありましょうや？　そのまま力攻めで押せば、徳川はひとたまりもないというのに」

「『領民が大地震で難儀しとるのに、いくさをやっとる場合やない。領民を助けるのが先や』と。『領民あってこその羽柴や』と仰せである」

「はあぁ？」

家康は自分の耳を疑った。家康にとって、領民は第一ではないからだ。

つい勘違いしやすいが、戦国時代、領民と国主・武将との間に厳然とした一線が引かれている。その線を越えるのが難しいからこそ『戦国時代』と呼ばれ、『下剋上』とも言われるのだ。織田信長が青年時代、領民や庶民、農家の子供たちとともに泥まみれで遊びまくったとき「うつけ者」と嘲笑された。

徳川家康にとって、領民とは、「領内の治安を維持する対価として、税を徴収する集団」にすぎない。それ以上でもそれ以下でもない。

徳川家康が領民・庶民と接した機会はほとんどない。あったのは、三方ヶ原の戦いで武田信玄に惨敗して身ひとつで命からがら逃げ出したときに農家にかくまわれたとき。また、本能寺の変の直後、和泉国堺でほぼ身ひとつで置き去りにされて命がけで伊賀国経由で脱出したとき。どちらにせよ、家康が庶民と接したときは、ほぼ落ち武者同然だった。「そのときのふるまいをしくじれば、落ち武者狩りの対象として惨殺されてしまう」という立場でしか領民と接したことがないのだ。徳川家康が領民・庶民に親しみを持てるわけがない。

領民や庶民から圧倒的な人気があった織田信長や、もともと下賤の身で下情に明るい羽柴秀吉と、徳川家康とでは、領民に対する感情に、決定的な差があるのだ。

「それが関白殿下の本心とは思えませぬな」

「そこが殿の限界でございまする」

これは阿茶局。なんだと、と反論したいところだが、庶民の世論と人情に疎いのが、国守・徳川家康最大の欠点のひとつだと自覚している。

「そうまでも領民は大切なものですかな？」

「実は俺にもよくわからぬが、関白殿下は本気でそう思っておられるらしい」

庶民・領民と一線を画した生活を送っている点では、織田信雄も同様である。故・織田信忠は夏になると庶民に混じって風流踊りなどをやった逸話がいくつもあるが、織田信雄は歌舞音曲の名手ぶりばかりが伝わってくる。猿楽（能楽）はこのころ総合芸術であって、庶民の生活を知っていたら、そんな放蕩はできない。

「別の言い方もある。羽柴としては徳川との合戦を避けるために、地震を口実にできるのだ」

織田信雄は、徳川家康と阿茶局をかわるがわるみながら続けた。

「いかにも羽柴が全力でかかれば徳川は潰せるだろう。だが、先年の小牧・長久手の戦いで、徳川全体を潰すためにどの程度の損失が必要なのかが判明した。羽柴の総力を結集して徳川を潰しても、得られるのがわずか五箇国では効率が悪すぎる」

それ以上に、徳川の総資産は、羽柴に逐電した石川数正によって筒抜けになっている。徳川と羽柴の全面決戦となって徳川が全滅しても、だれの得にもならない。

「羽柴としては、徳川家臣団を味方につけられれば、それでいい。羽柴には家柄も血脈も、親代々の家臣もない。羽柴にとって最も重要なのは、庶民の顔色なのだ」

まあ、「領民の困窮を口実に」という流れで説かれると家康には納得はできる。織田信雄が交渉の名手たるゆえんではあるか。

「もうひとつの疑問。羽柴秀吉殿下が『妹御と母御前を人質にしたから、上洛したわしを絶対に暗殺しない』という保証は、いずこにありましょうや？」

「とは？」

「わしが関白殿下なら、迷わず母と妹を見殺しにして徳川家康を暗殺いたす。たかが母と妹をさしだすだけで、合戦でまるで勝てない相手の首をとれるなら、そんな安いものはないでしょうな」

阿茶局は眉をひそめ、織田信雄は苦笑した。

「三河守殿なら、そう思われるわな」

徳川家康は幼年時、生母に捨てられ、実父に見捨てられた。家康自身も三河岡崎城を独立するとき、駿府に人質にあずけた妻子を見捨てた（これは後年救出しはしたが）。人質とは、差し出した側が「盤石の保証だ」と思った時点で最大の失敗である。人質ほどあてにならないものはない。

この点、織田信雄も同様である。父親はあの織田信長なのだ。織田信雄は父親におびえていたことは間違いないが、父親に肉親の情を覚えていたとは考えにくい。元服前に人質として伊勢国北畠氏に養子に出され、郭公《かっこう》が托卵された鶯の、親さえ暗殺するような生活を送ってきたのだ。織田信雄にも、人質の人情は理解できない。

徳川家康は首をかしげながら嘆息した。

「東国五箇国の太守の首と、たかが生母と妹の命ふたつと、どちらが重いか、すこし考えればよさそうなものですがな。関白殿下の真意が、つかみかねまする」

「関白殿下の真意は、東国五箇国の太守の首より、生母と妹様の命ふたつのほうが重い、ということでございます」

阿茶局が口をはさんだ。

「殿にとって、いま、信濃国上田城の真田昌幸は、とても邪魔にございますね」

「目の上の腫れ物程度には、な」

「真田が『だれか徳川の息子を人質にあずけてくだされば、引き換えで駿府にあがりまする』と申し出てきたら、殿はいかがなさいますか」

「もちろん息子を見捨てて真田昌幸を討つ。見捨てていいからこその人質だ」

「では、その人質が酒井忠次殿や本多忠勝殿なら、殿は真田を討ちますか」

「まさか。左衛門尉《さえもんのじよう》（酒井忠次）や平八郎（本多忠勝）は、他にかえられぬ」

「それが常人にとっての肉親の情にございます。ましてや関白殿下におかれては」

秀吉には頼るべき家臣はなく、出世が早すぎて友人と呼べる友人もいない。秀吉にとって、肉親とは、家康にとっての重臣に相当するものといえるか。

とはいえ、

――わしから石川数正を引き剝がしておいて、何を言うつもりなのか――

そんな気持ちはある。石川数正を孤立させてしまったのは、家康の失策ではあるものの、だ。

「殿には、おわかりになりますね」

阿茶局は、家康の目を見据えた。

そう、羽柴秀吉が、わざわざ阿茶局を内談に同席させることを条件にした真意が、まさにこれなのだ。

関白羽柴秀吉の、高く笑う顔が、家康の目の前に浮かんだ。脳裏に浮かんだ秀吉はこう言っていた。

「人の情、民の声、それがわかるかわからぬかが、すべての決め手になるのだがや！」

——いちいち、わしの限界を教えんでいい。わかっとるわい——

たまたま出生した時点の身分が違うので家康は東国の大大名になれたが、才能や器量では秀吉のほうが桁違いにまさっている。

わかっているが、わかる気にはなれない。

「さあ、殿」

そんな渋い気持ちで沈みそうになると、阿茶局が声をかけてきた。

「ご決断なさいませ」

（了）

附記

本書は歴史小説である。

史実に材をとったフィクションであって、読みやすさと面白さを優先し、当然ながら演出を加えてある。

たとえば、阿茶局は小牧駐留中に流産しているが、演出上の都合により割愛してある。また、徳川家康が小牧・長久手の翌年、天正十三年（一五八五）中に背中の腫物に悩まされた有名なエピソードも割愛してある。織田信雄の敬称が「卿」になるのは、厳密には天正一三年に従三位権中納言になってから。ただし天正三年（一五七五）時に左近衛権中将という、主要登場人物のなかで圧倒的な高い官についていたので、演出上の理由で「卿」にしてある。そうした箇所がかなりあるのを、ご承知いただきたい。

しばしば「私の知っている史実と違う」とか「やりすぎ」「私の知っている史実が記載されていない」とかいったご感想をいただくが、史実の取捨選択は演出に属することで、著者の専権事項である。重要なのは面白いかどうかなのだ。

史実を知りたければ歴史書を、作品に異論があるなら、あなたが自分で書きなさい。私はそうしてきた。

作品の後日談をすこし。

徳川家康は本書のラストシーンから一年をかけて秀吉の妹との婚儀と秀吉の生母の人質をうけいれて上洛し、秀吉に臣下の礼をとった。江戸に転封となったあとについてはよく知られる通り。

羽柴秀吉がこの後、日本国内の統一政権を成し遂げたのもよく知られている通り。秀吉は徳川家康と二度と干戈《かんか》を交えることはなかった。

阿茶局は外交官としての能力を遺憾なく発揮した。本書から二十八年後の慶長十九年（一六一四）大坂冬の陣では、徳川家康側の使者として大坂方との和睦交渉にあたっている。

織田信雄の生涯は、この後も波乱に満ちている。天正十八年（一五九〇）に秀吉から転封を命じられたが拒否したため領地を没収されて流罪となり出家。流転を続けながらも秀吉の御伽衆となった。ちなみに織田信雄の御伽衆時代の逸話は多い。徳川家康はかなりの音痴だったらしいが、織田信雄は能楽の名手として知られた由である。

慶長十九年（一六一四）の大坂冬の陣では、豊臣秀頼（秀吉の遺児）に請われて豊臣方の総大将を任ぜられた。秀頼や淀の方たちの目の前で「こう見えても若い頃はほんの肩先で数万の兵を操りもうしたものよ」と大見得を切った（ある意味、信雄は嘘はついていないが）ものの、その夜に大坂城を脱走して家康に味方した。これほど歴史の表舞台に何度もあらわれ、何度も総大将をつとめ、ことごとく敗け続けても生き残った戦国武将は、他に例をみない。敗け続けているから忘れそうになるが、織田信雄もまた、異能の天才である。

ちなみに大坂の役で徳川についた功績により所領を与えられ、信雄の家系は出羽国天童藩と丹波柏原藩にわかれて幕末まで続いた。

例により、大量の先達のお世話になった。小牧・長久手の戦いの概略については参謀本部第四部編纂『日本戦史　小牧役』、および桑田忠親・山岡荘八監修『日本の戦史　小牧・九州・小田原の役』（徳間書店）を参考にした。ただし、本書は帝国参謀本部の教科書であって、正確さに疑問が残る。基にするものがフィクションだと屋上屋を架することになるので、虚構を積み上げる基礎は正確なほうがありがたい。幸い、『長久手町史資料編6　中世－長久手合戦史料集－』が刊本入手でき、おおきく助かった。

徳川家康の事績については『徳川実紀』『当代記』『常山紀談』に負うところがおおきい。

戦国時代の人間の会話については、キリスト教の宣教師たちにより、文法・発音ともによく残されている。発音については土井忠生ほか編『邦訳　日葡辞書』（岩波書店）、文法についてはロドリゲス著『日本語小文典』（岩波書店）を参照した。もちろん、その当時の会話をそのまま使っては意味が通じないので、著者の判断で現代日本語会話に直してある。

それにしても『古事類苑』『大日本史料』『史籍集覧』や『国史大辞典』『日本国語大辞典（単語の初出をチェックするのにものすげえ役立った）』などが、キーボードを叩くだけでたちまち読めるのは感動する。一冊三キロちかい刊本を人名索引と事項索引をチェックしながら読みまくるのは、執筆というより筋トレだったことを考えると、まだすこしこの仕事を続けられそうではある。

徳川家康とお付き合いは二〇一二年刊の『金ケ崎の四人』（毎日新聞社）以来続いている。十一年になるか。掘り下げるほどに家康の凡人ぶりに驚く。

家康の資産形成能力は秀吉に大きく劣り、経費節減しか理解できていない。家康の吝嗇ぶりとその蓄財ぶりを、しばしば秀吉から嗤われていることが記録されている。晩年はともかく、四十代の本書の物語時点ではカリスマ性では信長の足元にも及んでいない。庶民からの人気も、信長・秀吉とは格段の差がある。三河武士団の合戦能力はきわめて高いけれども、織田軍団の『鬼武蔵』こと森武蔵守長可に震え上がった信濃武士が、徳川家康をなめくさってしぶとく抵抗しているのだ。

四十代の徳川家康が信長・秀吉にまさるところがあるとすれば、本能寺の変直前の、「周辺を友軍に囲まれたために、戦国武将の仕事が（一時的にだが）消滅する」という経験ぐらいであろう。この恐怖の経験があったからこそ、戦国が終わったときの猛烈な戦後不況に徳川幕府は耐えることができた。戦国が終わって家康が生き残るまでは、役に立たない経験ではあったが。


小説家の業界は、天才がごろごろしている世界である。スターは地を割って芽吹くものではなく、ある日突然あらわれて、一気に成功の階段をかけあがってゆく。生まれて初めて書いた作品で新人賞を受賞しヒット作となり、巨匠となる例は、もうええわいというほど目の当たりにしてきた。こういう話をすると誤解する人があとを絶たないのではっきり言っておくが、天才とは、何もしないで成功する者ではない。天才とは、努力と苦労をしたぶんだけ結果がついてくる者のことだ。

そんな具合で、徳川家康が同じ時代に生きた織田信長・羽柴秀吉――そして織田信雄という天才を、どんな目で見、どんな気持ちで接したのか、なんとはなしにわかる。もちろん「自分の凡才ぶりを噛みしめる」という意味で、だ。

そこから類推すると、家康の凡人さと偉大さがわかる。天才を横に睨みつつ、自分の才の限界を知り、無駄を承知で崩れる足元を一歩ずつ踏みしめ続けてゆくことの偉大さ、ということだ。

努力はちょいちょい裏切るが、怠惰は決して裏切らない。

ゴールの見えない努力を続けられるか？　わずかでも怠ければたちまち足元が崩れる努力を続け

られるか？　私は今日はなんとかできた。明日のことは、わからない。

本書を読んだご意見、ご感想を左記までお寄せください。

図書館などで本書を読まれた場合、著者や出版社には、読まれた反応や実績を把握する方法がないのが実情です。

「読書メーターやネット書店のレビューなどがあるじゃないか」と指摘されそうですが、自著のレビューをエゴサーチする行為は、著者や出版社にとって、地獄の釜の蓋をわざわざ開けにいくようなものなんです。ご理解ください。

絵葉書に「面白かった」とひとこと書き添えていただくだけで十分です。差出人の住所氏名をお忘れなく。ぼくが書いたと思われるので。

ひとりでも多くのかたに、いちにちでも長く楽しんでいただけますように。

〒一〇二—〇〇七四
東京都千代田区九段南一丁目六番十七号 千代田会館五階
毎日新聞出版株式会社
図書編集部
鈴木輝一郎著『家康の選択　小牧・長久手』係

本書は書き下ろしです。

装画　森美夏
装丁　岡孝治

カバーの背景と表紙、目次には『長久手合戦図屏風』（豊田市蔵［浦野家旧蔵］）を使用しました。

鈴木輝一郎（すずき・きいちろう）

一九六〇年岐阜県生まれ。日本大学経済学部卒業。九一年『情断！』（講談社）で作家デビュー。九四年「めんどうみてあげるね」（『新宿職安前託老所』出版芸術社刊に所収）で第四七回日本推理作家協会賞（短編および連作短編部門）を受賞。おもな歴史小説に『光秀の選択』『金ケ崎の四人』『姉川の四人』『長篠の四人』『桶狭間の四人』（以上、毎日新聞出版）『本願寺顕如』『織田信雄』（以上、学陽書房）『戦国の鳳　お市の方』（講談社）がある。エッセーに『新・時代小説が書きたい！』（河出書房新社）など。

公式サイト　http://www.kiichiros.com

家康《いえやす》の選択《せんたく》　小牧《こまき》・長久手《ながくて》

印　刷　二〇二三年五月二五日
発　行　二〇二三年六月　五　日

著　者　鈴《すず》木《き》輝《き》一郎《いちろう》

発行人　小島明日奈
発行所　毎日新聞出版
〒一〇二-〇〇七四
東京都千代田区九段南一-六-一七
千代田会館5階
営業本部　〇三-六二六五-六九四一
図書編集部　〇三-六二六五-六七四五

印刷・製本　中央精版印刷

ISBN 978-4-620-10866-7